QUELQUES FABLES

ou

MES LOISIRS.

QUELQUES FABLES

OU

Mes Loisirs,

Par J. B. de Feraudy,

Associé du ci-devant Musée de Paris, correspondant de l'Académie de Châlons, ancien officier supérieur au corps royal du génie, officier de l'ordre royal de la Légion-d'honneur, chevalier des ordres militaires de Saint-Louis et de Pologne.

TROISIÈME PARTIE.

Dum nil habemus majus, calamo ludimus.
PHAED. liv. IV, Præf.

———

BLOIS,

CHEZ AUCHER-ÉLOY, LIBRAIRE, GRANDE-RUE.

PARIS, chez { A. A. RENOUARD, rue de Tournon.
PICHARD, quai Conti.
DELAUNAY, Palais-Royal.

1823.

A Messieurs

Les Membres de la Société d'Agri-
culture, Commerce, Sciences, Arts
et Belles-Lettres du département de
la Marne.

Messieurs.

Au milieu de vos occupations aussi sa-
vantes qu'utiles, vous avez jeté un coup-
d'œil de bienveillance sur mon premier
recueil de fables, & vous m'avez donné
un motif d'encouragement bien flatteur, en
daignant m'admettre au nombre de vos
associés correspondans. Je sens, Messieurs, combien il me serait difficile de jus-

tifier une telle faveur, veuillez bien du moins me tenir compte de mes efforts, en agréant la dédicace de ce nouveau Recueil. Puisse-t-il mériter d'être accueilli par vous avec la même indulgence, que le fut le premier, par un de nos hommes de lettres des plus distingués! (1)

Je suis avec respect,

Messieurs,

Votre très-humble serviteur et Collègue,

De Feraudy.

(1) M. WALCKENAER, membre de l'institut royal de France.

AVANT-PROPOS.

AVANT-PROPOS.

Voici encore un petit Recueil de fables, fruit de mes loisirs. Quoi, dira-t-on, toujours des fables ? Lafontaine a épuisé ce genre de poësie ; trois ou quatre auteurs ont, après lui, cueilli quelques fleurs, par-ci, par-là ; mais c'est si peu de chose qu'on ne peut guère en parler ; ainsi il faut avoir du temps à perdre pour s'aviser de conter encore des apologues. Voilà ce que prononcent certains juges bien sévères à la vérité ; leur arrêt est décourageant. Heureusement, ce que disait, il y a environ cinquante ans, un journaliste (1) en rendant compte de l'ouvrage d'un des continuateurs (2) de maître Jean, semble pouvoir encourager un peu les fabulistes modernes. Je crois à propos de citer ici ce passage, persuadé qu'on le lira avec quelque intérêt.

« S'il est aujourd'hui un genre difficile dans la littéra-
« ture, c'est celui des fables, et cependant le nombre des

---

(1) *Journal Encyclopédique*, mois d'août 1773.
(2) Les Fables d'Imbert.

« fabulistes augmente tous les jours. A la vérité il ne
« manquent pas de déclarer qu'ils n'entendent point
« se comparer à Lafontaine, ni lui disputer le pas ; et ne
« fussent-ils pas de bonne foi, on les en croirait alors
« malgré eux, parce qu'il n'y a pas de souveraineté aussi
« bien établie que la sienne dans le canton qu'il a défri-
« ché sur le Parnasse français; mais ces écrivains qui mar-
« chent sur les traces du *Bon homme*, peuvent-ils empê-
« cher que le mot de fable ne reveille l'idée des char-
« mes que nous avons trouvés dans les modèles qu'il a
« laissés ? Ils seront donc toujours jugés comparativement
« malgré leurs protestations : de même tout auteur qui
« prend le masque de Thalie, se verra cité au redoutable
« tribunal de Molière. Qu'arrive-t-il de cette comparai-
« son inévitable ? C'est que si le fabuliste nouveau est
« sans grâce, sans naïveté, sans imagination, sans naturel,
« il est jugé dans ce genre plus sévèrement que dans tel
« autre, où il n'aurait pas un guide aussi parfait ; mais si
« l'on entrevoit fût-ce par intervalles, quelque étincelle
« de ce cercle de lumière dont rayonne au pinde le génie
« de Lafontaine, l'étonnement et le plaisir en redoublent
« l'éclat, etc. »

Ce *mais si l'on entrevoit*, donne, il faut l'avouer un
peu de courage, par l'espoir que l'on a du moins *de laisser entrevoir*, si l'on n'a pas celui de réussir parfaitement,
et semble même promettre une place plus ou moins éloi-

gnée du grand modèle, à celui qui a osé entrer dans la carrière. *Lafontaine est si divin*, a dit Florian, *que beaucoup de places infiniment au-dessous de la sienne sont encore très-belles.* Lamothe avait dit auparavant: *Aussi ne me serai-je pas hazardé à écrire des fables, si j'avais cru qu'il fallût être absolument aussi bon que Lafontaine, pour être souffert après lui; mais j'ai pensé qu'il y avait des places honorables au-dessous de la sienne.* Ces réflexions ont dû faire fortune chez tous les fabulistes modernes, parce qu'on aime toujours à se faire illusion. Je n'en dirai pas davantage sur ce chapitre, de crainte d'avoir l'air d'être trop intéressé à défendre une pareille cause. J'aurais terminé ici mon avant-propos, si quelques observations faites relativement au rhytme que j'ai assez souvent employé dans mes fables, et même dans toutes celles de la première partie, ne m'obligeaient à dire mon opinion à ce sujet.

Quelques hommes éclairés prétendent que le rhytme des grands vers ne convient pas à ce genre de poësie; cependant Phèdre qui s'est acquis une réputation bien méritée, comme fabuliste, a fait toutes ses fables en grands vers iambiques. Desbillons, auteur à peu près de nos jours, a marché sur ses traces; Horace lui-même nous a conté quelques fables en vers exhamêtres; *le Rat de ville et le Rat des champs*, *le Cheval et le Cerf*, etc. On ne manquera pas de m'objecter que ces auteurs ont écrit en latin ; je pourrais dire alors que Boileau et J. B. Rousseau, que je ne citerai pas, il est vrai, comme fabulistes, mais qui sont pour nous des arbitres du goût, ont écrit l'un et l'autre la fable de *la Mort et du Bucheron* en vers alexandrins. Lafontaine qu'on peut regarder chez nous comme le créateur de ce genre de poësie, n'en a t-il pas fait quelques unes en vers de ce rhytme, que l'on voit même dominer dans plusieurs excellentes fables de son Recueil , et ne nous a-t-il pas prouvé qu'on pouvait faire en grand vers une très bonne fable, par celle du *Meunier, son Fils et l'Ane ?* D'ailleurs la fable est une comédie à cent actes divers, et pourquoi ne se servirait-elle pas du rhytme que sa sœur Thalie emploie avec tant de succès ? Vouloir exclure un rhytme quelconque de la fable, ce serait oser décider une question sur laquelle les maîtres de l'art ont gardé le silence. Comme elle peut s'élever à tous les tons, elle doit avoir aussi la faculté de se servir de toutes sortes de versifications (1).

_____

(1) Je crois devoir rapporter ici l'opinion d'un auteur anonyme , qui m'a paru assez juste.

« Lafontaine est le premier fabuliste de toutes les nations « dans le genre naïf : c'est le premier genre de la fable, mais « ce n'est pas le seul. »

« La fable et le conte sont inépuisables. Il n'est point d'évé- « nement qui n'y puisse entrer; par conséquent point de style

Peut-être pourrait-on objecter ici, sous le rapport de l'harmonie poétique, ce que disait Voltaire, en parlant des grands vers croisés qu'il avait employé dans sa tragédie de *Tancrède*; que cette sorte de vers semble trop approcher de la prose; mais nous ne pensons pas que cette objection pût être fondée, à l'égard du genre libre et facile de la fable. Ces courtes observations nous déterminent à croire que le but essentiel de l'apologue est de

---

« qui ne leur convienne. Le judicieux Despréaux lui-même
« s'est trompé en assurant que le conte en général, n'admet-
« tait que *des manières de parler simples et naturelles*. Ce-
« la n'était vrai que du genre de Lafontaine qu'il avait alors
« sous les yeux. Le style doit toujours être proportionné au
« sujet, et le coloris aux images. »

« Les contes de M. Gellert renferment souvent des aventu-
« res tragiques. La fable a presque toujours entre les mains
« de M. Gay le style le plus énergique, et présente les plus
« grandes images. Malgré la naïveté ordinaire de Lafontaine,
« deux des vers des plus épiques qui soient dans notre
« langue se trouvent dans une de ses fables, et n'y sont point
« déplacés. Dieu, dit-il en parlant de l'astrologie judiciaire. »

« Aurait-il imprimé sur le front des étoiles
« Ce que la nuit des temps enferme dans ses voiles.

« Ces trois fabulistes sont entièrement différens, on ne
« peut comparer les genres qu'ils se sont faits : chacun d'eux
« a excellé dans le sien. »

bien raconter, de ne faire surtout que des allusions justes, et de déduire naturellement la morale du fonds du
sujet ; n'importe le rhytme dont on se sert , qui ne peut
jamais être que l'accessoire. Car comme l'a très-bien dit un
fabuliste italien (1), qui s'est acquis une certaine réputation;
« *Pare che in questo Genere di poësia, il merito princi-*
« *pale consista nella maniere di raccontare.* » Ce qui
rend principalement ce genre de littérature si difficile,
c'est qu'il faut allier deux qualités qui dabord paraissent
incompatibles, la simplicité et la finesse : qualités que Lafontaine possédait au plus haut degré. Peut-être aurait-
on à reprocher à certains fabulistes de ne s'être pas assez
pénétrés de cette vérité, et d'avoir sacrifié quelquefois le
fonds à la forme en courant trop après l'expression ; et en
mettant de l'affectation à vouloir imiter ces locutions naïves
et si originales, que le genre d'esprit de Lafontaine lui
inspirait naturellement, et qui par ce motif sont inimita-
bles. Ils ont cru qu'il suffisait pour réussir, de répéter
ses heureuses dénominations, d'employer quelques unes
de ses expressions tantôt hardies, tantôt pleines de char-
mes, et d'oser même faire usage de ces licences poétiques
qui ne conviennent qu'à lui, et qui ont presque toujours
l'air d'être déplacées chez d'autres, par là seule raison

(1) Pignoti.

qu'ils ont cherché à les imiter. Il faut éviter l'application de la fable de l'*Ane et du petit Chien*, et bien se persuader qu'il ne suffit pas de prendre l'habit d'un homme pour lui ressembler; le *singe*, a dit l'ingénieux auteur de l'éloge de la folie, *fût-il vêtu de pourpre, est toujours un singe*. Oserons-nous ajouter ici, que si quelques fabulistes, pour avoir trop voulu imiter Lafontaine, ont affecté une naïveté et une simplicité, qui leur ont donné quelquefois un ton niais et trivial; d'autres ont couru tellement après la finesse et l'esprit, qu'ils ont fait de leurs fables des énigmes presque inintelligibles pour beaucoup de lecteurs. Ces deux écueils semblent être pour les fabulistes modernes, Carybde et Scylla. Mais laissons à ceux qui se donnent garde de composer des fables, le soin de prononcer sur-pareille matière, et ne fournissons pas à un critique malin l'occasion de nous faire l'application de nos propres observations. Le parti le plus sage est de se borner à faire usage de ses moyens naturels; quelques médiocres qu'ils soient, ils vaudront toujours mieux qu'une sotte affectation; car comme l'a très-bien observé Lamothe, *rien n'est plus dangereux que de vouloir être ce qu'est un autre, il en arrive souvent qu'on n'est ni lui ni soi-même.* Quoique les raisons que j'ai alléguées par rapport à l'indifférence du choix du rhytme pour la fable, me paraissent assez justes; comme l'opinion qui est toujours la règle en fait de goût, sans quelquefois trop approfondir, semble s'être prononcée à ce sujet, j'ai composé en vers libres presque toutes les fables de cette troisième partie, afin de ne pas encourir le reproche bien ou mal fondé d'avoir trop employé le rhytme alexandrin, comme dans les deux premières. J'ai l'air, d'après cette explication, d'avoir obéi sans être encore persuadé; mais j'espère que les personnes qui n'approuveront pas mes observations, me sauront au moins gré de ma docilité.

La plupart des sujets des fables de cette troisième partie sont de mon invention; j'ai crû bien faire aussi de mettre encore Desbillons à contribution (1). On trouvera quelques apologues qui font allusion à des événemens de nos jours; il était naturel de regarder autour de soi, d'ailleurs Phédre peut me servir ici d'autorité. *Cet auteur,* dit Lamothe, *n'a pas craint de mêler dans ses allégogories une histoire de son temps.* Lafontaine lui-même ne nous a-t-il pas donné cet exemple par ses fables du *Dragon à plusieurs têtes* et *du Dragon à plusieurs queues,* des *Oreilles du Lièvre,* de la *Chauve-souris* et

---

(1) Il faut féliciter M. de Feraudy d'avoir eu l'heureuse idée d'imiter quelques fables de Desbillons. Combien de personnes ne connaissent que fort peu ce gracieux et élégant écrivain! Phédre semble lui avoir révélé tous ses secrets etc.

M. Salgues, *Drapeau blanc.*

les deux belettes, du *Soleil et les Grenouilles*, de *la Ligue des Rats*, etc., etc. On a donné la dénomination de *politiques* à ces sortes de fables, cette dénomination suffit aujourd'hui pour mettre un écrit en vogue; car les moindres pamphlets sur ce chapitre, quelques mauvais qu'ils soient, sont lus avec plus d'empressement que le meilleur ouvrage de littérature; espérons que l'expérience, fille malheureusement trop tardive du temps, nous guérira enfin de cette espèce de fièvre chaude qui tourmente le corps social. Mais terminons ce préambule pour ne pas mériter une seconde fois, le reproche d'avoir mis un trop long discours à la tête de notre ouvrage.

Qu'il me soit permis cependant d'ajouter encore une courte observation.

J'invite le lecteur à ne point se laisser entraîner dabord par la propension à juger l'ouvrage d'après le style; qu'il en médite le fonds, qu'il veuille bien faire attention à la manière claire et précise dont chaque sujet est présenté, et dont la morale est déduite : j'ose espérer qu'il sera alors plus indulgent. Persuadé qu'en fait d'ouvrages moraux le but essentiel est de dire avec très-peu de mots, j'ai préféré la solidîté des pensées et la briéveté, au brillant de l'accessoire et aux amplifications.

> Quidquid præcipies, esto brevis; ut cìtò dicta
> Percipiant animi dociles, teneantque fideles,
>
> Hor. *Art poët,*

# Prologue.

Le goût et la raison m'opposent Lafontaine,
Et cependant je cède au penchant qui m'entraine ;
Car l'apologue a pour moi des appas.
Mais vous perdez, dira-t-on, votre peine,
Tout est cueilli dans son riche domaine ?
     Excusez-moi, si je n'en conviens pas.
     Oui, je pense que de la Fable
     La matière est inépuisable :
Partant, si bien que mal, je veux aller mon train,
Malgré les traits piquans de tout censeur malin. (1)

---

(1) *Si non ingenium, certè brevitatem adproba,*
   Quæ commendari tantò debet justiùs,
   Quantò poetæ sunt molesti validius.
                        PHÆD.

QUELQUES FABLES

ou

MES LOISIRS.

FABLE I.

Le Chien et l'Âne.

Un chien bon diable et sans malice,
Au talent des castors, un jour rendant justice,
    Vantait leur art industrieux.
    Qu'ont-ils fait de si merveilleux
    Pour tant vanter leur savoir faire ?
    Dit un baudet en se mettant à braire ;
Ils ne construisent pas, après tout, des châteaux.
Dèsque maître baudet eut prononcé ces mots,
    L'assemblée, avec complaisance,
    Applaudit à son jugement.

    N'est-ce pas ainsi, que souvent
    Se dédommage l'ignorance,
    Toujours jalouse du talent.

FABLE II.

Le Loup et l'Agneau.

Des moutons dans leur parc étaient en sûreté;
Les chiens dormaient; Lucas, sur sa musette,
    Célébrait de sa bergerette
    Et la douceur, et la beauté;
Lorsqu'à travers les fentes de l'enceinte,
Un loup vint s'assurer de l'état du troupeau.
    Un malheureux petit agneau,
    Tout simple, innocent et sans feinte,
L'apercevant, lui dit, que cherchez-vous?
Le glouton repondit, l'herbe tendre et fleurie,
    Il n'est rien, pour moi, de plus doux
    Que le produit de la verte prairie;
    Ami de la philosophie,
    Bien peu de chose me suffit.
Vous ne mangez donc pas, l'agneau lui repartit,
La chair des animaux? ah! c'est me faire outrage
Que de le supposer; d'un ton très radouci,
    Dit cet apôtre du carnage.

Eh bien! puisqu'il en est ainsi,
Je vais paître avec vous, s'écria l'étourdi.
L'agnelet, à ces mots, saute dans la prairie;
Soudain, l'ami de la philosophie
Dans le fond du bois l'emporta,
Et bel et beau vous le croqua.

Jeunes gens, cet agneau nous offre votre image,
Défiez-vous des loups, et de leur beau langage.

Le loup de Lafontaine était plein de fureur;
Celui de Fénélon (1) prend un air de douceur;
Ainsi chez les brigands, n'importe quelle voie,
Tous les moyens sont bons, pour obtenir leur proie.

(1) Cette fable est imitée de Fénélon.

FABLE III.

Les deux Politiques et le Temps.

Vivement occupés de la chose publique,
Deux amateurs de politique,
Sur le choix d'un gouvernement
Disaient chacun leur sentiment.
L'un rappelant le beau siècle de Rhée,
Désirait voir, régner dans la contrée,
De l'âge d'or l'heureuse égalité ;
L'autre voulait la féodalité.
Tandisqu'avec chaleur, comme c'est l'ordinaire,
Tous deux se disputaient sur pareille matière.
Pauvres gens, dit le temps, laissez-là vos projets ;
Sachez que sur mes pas je ne reviens jamais.
Ce qui n'existe plus, j'ai voulu le détruire,
Et malgré vos efforts,
Jamais du fond du noir empire
Vous ne rappelerez les morts :

N'allez donc pas, vous berçant de chimères,
Par d'inutiles vœux aggraver vos misères. (1)

Ainsi parla notre vieillard malin;
Tous embarqués dans sa nacelle,
Nous avons beau crier et nous chercher querelle,
Il se rit de nos cris et va toujours son train.

(1) *Il faut prendre les siècles tels qu'ils sont : le temps ne s'arrête ni ne recule.*

M. DE CHATEAUBRIAND.

FABLE IV.

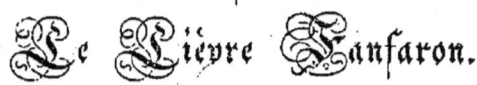

Voulant bon gré, mal gré, compter parmi les braves,
Certain lièvre, à travers et les choux, et les raves,
Allait rôder autour d'un village voisin;
Mais dèsqu'il entendait aboyer un mâtin,
Il regagnait son gîte, où faisant l'intrépide,
Le drôle se croyait plus valeureux qu'Alcide.
    A d'autres lièvres, tous les jours,
    Il contait ses brillans faits d'armes,
    Prônait ses ruses et ses tours,
    Et de ses ennemis leur disait les allarmes.
    Je voudrais bien, fier paladin,
    Dit, en ricannant, Jean Lapin,
    Au milieu d'une meute admirer ta vaillance :
    Tu changerais alors, je crois, de contenance.
Moi, repartit le preux, je ne crains aucun chien.
    Mais pendant ce bel entretien,
    L'on entendit dans un taillis tout proche,
    Glapir un méchant tournebroche.

Si plein d'épouvante à ces cris,
Que le fût autrefois Pâris,
Quand Ménélas était à sa poursuite,
Sans balancer, le brave prend la fuite.
Voilà, s'écria Jean Lapin,
Ce héros, ce foudre de guerre,
Qui nous disait, soir et matin,
Qu'il remplissait de ses exploits, la terre.
Va, tu n'es qu'un bavard et qu'un aventurier,
Le péril seul nous fait connaître le guerrier.

FABLE V.

Les Enfans et la Glace.

Des enfans, en jouant, brisèrent une glace.
Nos étourdis fûrent dabord bien sots;
Mais ramassant ensuite les morceaux,
Ils firent leurs efforts pour les remettre en place;
S'imaginant ainsi pouvoir,
Dans son premier état, retablir le miroir.
Ce fût envain, le mal était irréparable.

Dans bien des cas s'applique cette fable;
Du miroir on a beau rapprocher les éclats,
Miroir brisé ne se retablit pas.

FABLE VI.

—

Jupiter et les Animaux.

A Jupiter, un jour, disaient les animaux;
Il semble que pour nous tu créas tous les maux,
Et tous les biens pour l'humaine nature :
Un dieu ne doit avoir qu'un poids, qu'une mesure.
Jupin, trop grand pour se mettre en courroux,
Leur dit, à vous punir craignez de me contraindre;
Les hommes ne sont pas plus fortunés que vous,
   Et vous avez tort de vous plaindre.
    Chez eux qui ne possède rien,
   Veut à tout prix acquérir la richesse;
Tandisque l'opulent se tourmente sans cesse,
   Et veut encor ajouter à son bien.
    Ainsi chez cette race humaine
    Jamais contente de son sort, (1)

(1) . . . . *nemon', ut avarus*

La vie est un cercle de peine,
Qui n'est brisé que par la mort.

Ces animaux, dirons nous, avaient tort;
Et nous tenons très-souvent leur langage.
Tel dont nous sommes envieux,
N'a quelquefois reçu des cieux
Que plus de peines en partage.

Se probet, ac potiùs laudet diversa sequentes?

Hor. Liv. 1, sat. 1.

FABLE VII.

Le Rat et les Chats.

Un misérable rat, n'ayant ni feu, ni gîte ;
   Aussi gourmand qu'un parasite;
   De tous côtés portait ses pas,
   Pour attrapper un bon repas.
   Ce grand amateur de pitance,
Comme tous ses pareils, médisant, fourbe et bas;
   Dans l'espoir de faire bombance,
     Découvrit à de malins chats,
Qui pour l'amadouer, lui remplissaient la panse,
   Les lieux qu'habitaient d'autres rats.
Le traitre violant les lois de la nature,
Leur livrait sans pitié, ses parens, ses amis.
   Dieu sait quelle déconfiture,
   Firent les rominagrobis,
   Des enfans de Ratapolis !
On vit périr des rats les nombreuses familles,
   Tout fût croqué, garçons et filles;
   Et tout le fut si bien,

Qu'il n'en resta plus rien.
Nos chats, alors, cessant d'avoir à fairé,
Du renégat et de son ministère,
Tout calculé, trouvèrent bon
De l'envoyer à son tour chez Pluton.

Vils délateurs, âmes de boue,
Qu'un coupable intérêt à l'opprobre devoue,
Voilà tôt ou tard, cependant,
Le juste sort qui vous attend.

FABLE VIII.

Les deux Chattes.

Deux chattes, au sabat, ayant fait connaissance,
Se prirent toutes deux d'un bel attachement.
Elles auraient voulu se voir plus fréquemment;
   De leur logis, la trop grande distance
     Les privait de cet agrément.
     S'occuper d'un rapprochement
     Était leur principale affaire.
     Enfin l'une et l'autre commère
     Eurent occasion de bénir le destin,
     Qui voulût bien, un beau matin,
     Loger nos dames porte à porte.
Le cruel n'agit pas, tous les jours, de la sorte;
Il avait fait, cette fois, de son mieux.
Voilà chaque pécore au comble de ses vœux,
A tout instant du jour se donnant l'accolade,
S'aimant, se chérissant comme Oreste et Pylade.
     Un si beau feu ne dura pas;
Après tant d'amitié survinrent les débats.

On boude, on se dispute, on fait le diable à quatre,
A tel point que l'on voit les deux chattes se battre.
De ce train le quartier fût tout scandalisé;
   Un vieux hibou du voisinage,
   De sa nature, oiseau très-avisé,
Dit aux gens qu'il voyait surpris de ce tapage;
Je ne sais pas pourquoi vous êtes étonnés?
   Moi, cela ne me surprend guère :
Se lasser l'un de l'autre, est assez ordinaire,
Quand on se voit, trop souvent nez à nez.
    Ainsi le veut la destinée.
    Voilà pourquoi, dit-il encor,
    L'on remarque si peu d'accord
    Dans l'auberge de l'hyménée.

FABLE IX.

—

Le Soleil et la Brume.

Sur le bord de la mer rassemblés par hazard,
　　Quelques oisifs, à travers le brouillard,
Croyaient apercevoir, les uns une nacelle,
　　D'autres un vaisseau de haut bord.
　　　Là-dessus n'étant pas d'accord;
Voilà que nos gaillards se cherchèrent querelle,
Et se mirent entre eux tellement en courroux,
Que des propos ils en vinrent aux coups.
Les plus forts prétendaient, à ce que dit l'histoire,
　　Que les faibles devaient les croire;
　　Et pour mieux prouver leur erreur,
　　Déjà même plus d'un docteur
　　Était prêt à prendre la plume.
　　Heureusement que tout à coup,
　　Le soleil dissipa la brume
　　Et l'on ne vit plus rien du tout.

Politiques, savans, illustre aréopage,

Qui croyez tout bien voir à travers un nuage,
Et qui vous disputez si souvent ici bas,
En voulant supposer ce qui n'existe pas;
Aurais-je, en badinant, esquissé votre image.

FABLE X.

—

La Carpe et ses Petits.

Une carpe disait un jour à ses petits;
Contre nous le pêcheur est fertile en manèges,
    Nous sommes entourés de pièges,
    Prenez bien garde d'être pris.
    Elle parlait en mère de famille.
    A peine eut-elle achevé sa leçon,
Qu'un d'eux, à travers l'eau, voit un ver qui frétille;
    Ce ver était au bout d'un hameçon.
    Oubliant tout conseil, notre jeune poisson
    De le gober a la plus grande envie,
S'élance sur l'appât, s'accroche et perd la vie.

La vieillesse a beau nous prêcher,
Nous rions de sa prévoyance;
Et rien ne peut bien nous toucher,
Que notre propre expérience.

FABLE XI.

La Boule et les Fourmis.

Quantité de fourmis étaient sur une boule;
Quelqu'un du pied la pousse, et voilà qu'elle roule;
  De nos fourmis il périt tant et plus,
   La mort planait sur chaque pauvre bête;
Après bien des malheurs, la boule enfin s'arrête,
Et l'on voit fièrement s'étaler par dessus,
Celles dont le dessous fut d'abord le partage.
    Tout changea de position;
Mais un tel changement causa bien du dommage.
   De tout pays en révolution,
   Cet apologue est la fidèle image :
   Après que mille et mille maux
  Ont écrasé les trois quarts de la masse,
  Qu'arrive-t-il? un changement de place;
  C'est toujours même espèce, avec mêmes défauts ;
Ah ! Ne vaut-il pas mieux demeurer en repos?

FABLE XII.

Les deux Arbres.

Deux arbres vigoureux, dont les rameaux touffus,
Contre les traits brûlans du dieu de la lumière,
Offraient au-voyageur un abri salutaire,
    Sans pitié furent abattus;
    De leur bois on avait à faire.
    Tous deux étaient fort beaux,
    Et dans leurs qualités parfaitement égaux.
Le hazard qui toujours règle tout sans scrupule,
Assigne à chacun d'eux sa destination;
    Place l'un dans le vestibule,
    Et l'autre sert à meubler le salon.
Du bois de ce dernier un zélé domestique
N'épargnant aucun soin, mettant tout en pratique,
Entretient, avec art, le lustre et la beauté;
    Celui du vestibule est à peine frotté.

    Si cette fable est presque notre histoire,
    Pourquoi vouloir faire tant d'embarras;

Sur le rang que l'on a, pourquoi s'en faire accroire,
Quand tout dépend du hazard (1), ici bas.

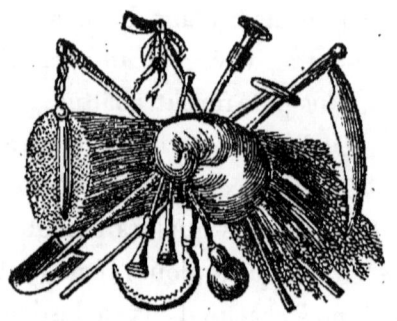

(1) *Il n'est dans ce vaste univers*
Rien d'assuré, rien de solide ,
Des choses d'ici bas la Fortune décide
Selon ses caprices divers.

Mme DESHOULIERES.

FABLE XIII.

Le Roquet et les Gros Chiens.

Poussé par la maudite envie
De paraître plus qu'il n'était,
Avec de gros chiens, un roquet
Toujours allait de compagnie.
Mais entre-eux, à propos d'amour,
Voilà qu'il s'élève, un beau jour,
Une violente querelle.
N'a-t-on pas vu l'amour, entre Grecs et Troyens,
Allumer autrefois une guerre cruelle ?
Avec autant d'ardeur se battirent nos chiens.
Roquet se mit de'la partie,
Tant il était jaloux de ressembler aux grands,
Et reçut, pour sa part, de si forts coups de dents
Qu'il faillit en perdre la vie.
Loin de le plaindre, à ses dépens
Tout le monde se mit à rire,
Et l'on entendit chacun dire;
S'il n'avait vú que ses égaux,
Il n'eût pas souffert tant de maux.

FABLE XIV.

Le jeune Seigneur et son Gouverneur.

Tant par goût que par habitude,
Le jeune fils d'un grand seigneur
Allait, avec son gouverneur,
Se promener après l'étude.
Un soir, en traversant un bois,
Du rossignol il entendit la voix.
Quel chant délicieux! Ah! quelle mélodie!
A l'écouter, dit-il, je passerais ma vie.
Mon maître, plût au ciel! que ce charmant oiseau
Pût venir s'établir sur les toits du château :
Il nous enchanterait par sa douce harmonie;
Tandisque des moineaux la sotte compagnie
Nous étourdit avec son chant criard.
— Ces moineaux, mon ami, sont cette pauvre espèce
Qui sans aucun mérite autour des grands s'empresse,
Le talent est modeste et se tient à l'écart.

FABLE XV.

—

L'artisan.

....., du prix de ses travaux,
    Modestement vivait dans son village :
Il ne lui fallait ni chevaux,
Ni cuisinier, ni superbe équipage.
Chaque jour amenait à notre homme son pain,
    Dèsqu'il avait le moindre sou d'avance,
    Lucas buvait sa chopine de vin,
Et d'être culbuté, loin de courir la chance,
Il vous trottait à pied comme un lapin.
    Un beau jour le drôle eut envie
        De jouer à la loterie ;
    Favorisé par le hazard,
    Il gagne le gros lot et devient un richard.
Le voilà par le sort lancé dans la carrière,
    Adieu la simple et modeste chaumière,
    Lucas se loge en un vaste château,
    Tout est chez lui brillant et beau,
Mais à ce train bientôt il s'habitue ;

2

Il fait déjà de nouveaux vœux, (1)
Et loin de s'estimer heureux,
Blasé par les plaisirs, le sombre ennui le tue.

(2) O fortune ! vers toi chacun tourne les yeux,
Et tous les jours l'expérience
Apprend au genre humain, que du père des dieux
La juste prévoyance,
N'a point mis le bonheur au sein de l'opulence.

(1) *Crescit amor nummi, quantum ipsa pecunia crescit,*
Et minus hanc optat qui non habet. . . . .
                                    Juv. Sat. 14.

(2) *Nullum numen habes, si sit prudentia ; nos te,*
Nos facimus, fortuna, deam. . . . .
                                    Juv. Sat. id.

FABLE XVI.

La Tempête.

Au milieu d'un lac, un bateau
Fût assailli par la tempête :
Les passagers perdent la tête,
L'on en voit se jeter à l'eau,
Espérant gagner le rivage,
Et sauver leurs jours à la nage.
Les imprudens, malgré bien des efforts
S'en fûrent, presque tous, au royaume des morts ;
Échappés, par hazard, à la parque cruelle,
Trés-peu du lac regagnèrent les bords.
Ceux demeurés dans la frêle nacelle,
Après avoir lutté, longtemps, contre le sort,
A travers mille écueils la ramènent au port.
Mais pourra-t-on le croire? ensemble, après l'orage,
    Aulieu de s'estimer heureux
    D'avoir pu survivre au naufrage,
    Nos échappés se disputent entre eux.
Pourquoi vous disputer, leur dit alors un sage?

Déplorables jouets d'un triste événement,
Vous fûtes entraînés, chacun, par le torrent :
Que le ciel, désormais, de tels coups vous préserve!
N'avez-vous pas assez, déjà versé de pleurs?
Pour vous mettre à l'abri de si cruels malheurs,
Que votre expérience, hélas! enfin vous serve.

Ce sage avait raison, mais semblable au lapin,
Comme l'a fort bien dit notre bon Lafontaine,
Ne voit-on pas toujours la faible espèce humaine
Ne plus songer le soir au danger du matin,

FABLE XVII.

L'Égoïsme des Animaux.

Sire lion disait, j'ai la force en partage.
L'éléphant prétendait qu'il était le plus sage,
L'ours était orgueilleux de sa dextérité;
Le cerf vantait son bois et sa célérité;
Le cheval sa valeur, le bœuf sa patience,
Le chien se prévalait de sa fidélité,
    La fourmi, de sa prévoyance;
    Le chat, de son activité;
    Maître renard, de sa finesse;
    Robin mouton, de sa bonté;
    Dame guenon, de son adresse;
L'âne même parlait de sa sobriété.
Enfin chaque animal, pour soi plein de tendresse
    Se regardait du beau côté.
    A ce récit je vois l'homme sourire,
    Et du même œil se regardant.

Il me semble l'entendre dire,
Et moi, n'en fais-je pas autant?

Plus qu'il ne vaut chacun s'estime, (1)
Fiers de la moindre qualité,
Il n'est rien de plus légitime
Pour nous, que notre vanité.

(1) *Démélons tous les stratagèmes*
De l'intérêt qui nous guide tous,
Mortels nous nous aimons nous mémes,
Et nous n'aimons rien que pour nous.
        LAMOTHE, *Ode sur l'Amour propre.*

FABLE XVIII.

Les deux Opinions.

Pierre et Jean n'étant pas du même sentiment,
    Avec chaleur se disputaient souvent.
Jean voulait ramener un ruisseau vers sa source,
    Pierre au contraire accélérer sa course.
      Effrayés de tous leurs débats,
  Les gens en prévoyaient de tristes résultats ;
     L'allarme était dans le village,
Comme si l'on eut craint un funeste ouragan.
Voulez-vous eviter, dit quelqu'un, tout dommage ?
Il faut surveiller Pierre et vous moquer de Jean.

    De leurs projets dictés par la folie, (1)
    L'un était ridicule et l'autre dangereux ;
    Et Pierre et Jean, Je le parie,
    Croyaient avoir raison tous deux.

(1) *Qui species alias veris, scelerisque tumultu*
Permistas capiet, commotus habebitur : atque
Stultitiâne erret, nihilum distabit, in irâ.
              Hor. Sat. 3. liv. 2.

FABLE XIX.

Le Coucou et le Rossignol.

Pour bien chanter se mettant hors d'haleine,
Un coucou voyait avec peine,
La plupart des oiseaux se moquer de son chant;
S'apercevant enfin que ce désagrément,
Il le devait à sa monotonie,
Notre chantre un jour prend son vol,
Et va prier le rossignol
De lui donner des leçons d'harmonie.
Le maître y perdit son latin,
Et comme l'écolier se fatiguait envain,
Il lui dit; de la mélodie
J'aurais beau t'enseigner les lois, (1)
Tu ne sauras jamais bien chanter de ta vie,
Car tu n'as, mon ami, ni le goût, ni la voix.

(1) . . . . *dediceris vocem licet*
Rite modulari, nil tibi, inquit, proderit,
Vox dura reddet semper insuaves sonos.

DESBILLONS.

Tel qui se met à la torture,
Afin d'acquérir des talens;
S'il n'a pas pour lui la nature,
Y perd et sa peine et son temps.
Il faut, a dit Boileau, pour devenir poëte,
Avoir *reçu du ciel l'influence secrette.*

FABLE XX.

Le Chien et le Loup.

Un chien avec un loup allait de compagnie,
On les eut pris pour deux amis,
Mais ce doux sentiment qui fait chérir la vie,
Dans le cœur d'un brigand fût-il jamais admis ?
C'est du loup dont je parle, on doit m'avoir compris.
Triste, inquiet, toujours en peine,
A chaque instant notre loup s'arrêtait;
Au moindre bruit il écoutait;
Si du zéphir la faible haleine
Agitait, tant soit peu, le feuillage des bois,
Le pauvre hère en était aux abois.
Qu'as-tu lui dit son camarade ?
Est-ce que tu serais malade ?
Tu t'arrêtes à chaque pas.
Je suis vraiment dans l'embarras,
J'ai tant d'ennemis dans le monde,
Qu'il semble que sur moi, toujours la foudre gronde,
Répond le méchant animal;

Et mon âme, sans cesse, est de frayeur atteinte. (1)
Je te plains, dit le chien, pour avoir tant de crainte,
Il faut avoir fait bien du mal.

(1) *Mobilis et varia est fermè natura malorum.*

Juv. Sat. 13.

FABLE XXI.

Les quatre Saisons.

Les bois reprenaient leur verdure,
Les oiseaux chantaient leur amour,
Le printemps était de retour,
Et lorsque tout riait dans la nature,
L'âne pleurait; c'était avec raison,
    Car le pauvre grison
Ne coulait pas des jours tissus d'or et de soie,
A toute heure il.était par chemin et par voie,
Portant des pots de fleurs de maison en maison.
Son maître l'excédait pour gagner d'avantage,
    Et le roussin toujours bâté,
    Trottait de la ville au village,
    Et du village à la cité.
Accablé de chagrins il désire l'été.
L'été venu son sort ne change guères,
Ce sont pour lui de nouvelles misères,
    Ce sont encor d'autres travaux,
    Il n'a pas le moindre repos.

L'oreille basse il s'en va par les rues,
Surchargé de chicons, de pois et de laitues.
Abimé de fatigue et couvert de sueur,
Il soupirait après l'automne,
Espérant qu'il mettrait un terme à son malheur.
L'automne arrive et les dons de Pomone
Portés au marché sur son dos,
Tous les jours par leurs poids renouvellent ses maux.
Il souhaite l'hiver, mais la neige et la bise
Ne servent pas, non plus, le baudet à sa guise,
Il faut malgré le froid, succombant sous le faix,
Transporter le fumier qui doit servir d'engrais.
Hélas! dit-il alors; c'était pûre sottise
De ma part, de former toujours nouveau desir,
En me flattant d'un meilleur avenir;
Chaque saison, je le vois, a sa peine.

Voilà bien le tableau qu'offre la vie humaine.

FABLE XXII.

—

Le Lézard et la Tortue.

Certain lézard disait à la tortue;
Du sort tu peux te plaindre avec raison,
Condamnée à porter nuit et jour ta maison;
Un si grand poids te lasse et t'exténue.
Cesse, dit celle-ci sur moi de t'affliger,
Ce Fardeau m'est utile, il me paraît léger. (1)

(1) *Sæpè ibi voluptas, ubi necessitas fuit;*
DESBILLONS.

FABLE XXIII.

Les Lettres de l'Alphabet et les Chiffres.

Dames lettres de l'alphabet
Sur les chiffres voulaient avoir la préséance.
Sans nous, l'une d'elles disait,
On n'aurait ni beaux vers, ni pièces d'éloquence.
Sans nous un chiffre répliquait,
Dites-moi comment la finance
Calculerait ses riches revenus?
Comment évaluer les trésors de Plutus?
Ainsi chacun à sa manière,
A son caquet donnait carrière.
Quand un quidam pour les mettre d'accord,
Leur dit : tous deux vous avez tort;
Car en dépit de votre orgueil extrême,
Chacun de vous vaut peu, souvent rien par lui-même,
Tout dépend de l'endroit où vous place le sort.
Pourquoi donc tant de suffisance?

Pauvres humains! ceci s'applique à vous,
Qui sans plus de motif, êtes toujours jaloux
De vous donner de l'importance.

FABLE XXIV.

Le Singe et le Renard.

Dans le temps que les animaux
Se conduisaient comme les hommes,
Et vivaient presque leurs égaux ;
Ce temps est loin de l'époque où nous sommes :
Car nous voyons, tout au plus, maintenant,
Chez les humains, quelques pauvres cervelles
Prendre, assez mal adroitement,
Certains animaux pour modèles.
Dans ce temps, dis-je, un singe ayant si bien que mal
Acquis une fortune immense,
Tout fier de sa grande opulence
Affectait un luxe infernal.
Chez lui force laquais, magnifique équipage
Offraient à tous les yeux un brillant étalage.
Un vieux renard, jadis son compagnon,
Lui dit, en le blamant d'avoir pris pareil ton ;
Tu fais de ta fortune un pitoyable usage.

Crois–tu, pauvre idiot, en imposer aux gens? (1)
Détrompe–toi les gens ne sont pas si crédules,
    Et chacun rit à tes dépens,
  En te voyant payer si cher des ridicules.

  Ce renard, à mon sens, était plein de raison,
Et l'on ne peut qu'approuver son langage.
Plus d'un singe, ici bas, et plus d'une guenon
Pourraient mettre à profit un avis aussi sage.

(1) *An quodcumque facit Mecœnas, te quoque verum est,*
Tantò dissimilem, et tantò certare minorem?
                     Hor. Sat. 3. Liv. 2.

FABLE XXV.

Le Demi-Savant et Jupiter.

Certain docteur comme l'on en voit tant,
 Sans rougir de son ignorance,
Disait à Jupiter d'un ton plein d'assurance;
Daigne, grand dieu, m'écouter un instant,
Je vais te proposer un heureux changement.
Tu sais que chez l'humaine engeance
La langue fait plus de mal que de bien,
Sans doute il vaudrait mieux, je pense,
Pour couper court à tout sot entretien,
Que l'homme fût reduit à garder le silence.
Mais l'on verrait alors de tous côtés,
Lui répliqua Jupin, des gens désappointés.
Que deviendrait la foule, aujourd'hui si commune,
 De ces harangueurs de tribune,
 Qui veulent à tort, à travers,
Suivant leurs passions diriger l'univers ?
Que deviendraient ces nombreuses commères,
 Qui n'ont jamais d'autres affaires,

Que de jaser, soir et matin,
Sur la voisine et le voisin?
Que deviendraient enfin ces marchands de paroles,
Comédiens, avocats, orateurs,
Qui sur la scène comme ailleurs,
Savent pour leur profit, si bien jouer leur rôles?
Ah! peux-tu, de sang froid, m'adresser de tels vœux?
T'écouter, ce serait faire des malheureux.
Quoi, tu ne rougis pas de ton erreur extrême?
Un tel arrêt te punirait toi-même.
Tes pareils, je le sais, sont nombreux ici bas;
Chacun de son côté veut faire le capable,
Changer et reformer ce qu'il ne conçoit pas,
Mais tous ces raisonneurs ne valent pas le diable.
L'Olympe avec pitié rit de ces orgueilleux,
Qui veulent en savoir, encor plus que les dieux.

FABLE XXVI.

Qu'on appelle Médor, il ne bougera pas;
Mais s'il voit que vers la cuisine,
En l'appelant, on s'achemine,
Il est aussitôt sur vos pas.

Ah! que de gens agissent de la sorte;
De vous ils font très-peu de cas;
Mais s'agit-il d'un bon repas,
Vous les voyez courir à votre porte,

FABLE XXVII.

Les deux Pères.

Dans je ne sais trop quel pays,
Deux habitans avaient chacun deux fils.
Pour l'aîné, le premier épuisant sa tendresse,
Regardait le cadet d'un œil indifférent.
Il résultait de là que l'un et l'autre enfant
Ne s'aimaient point, se disputaient sans cesse.
Au contraire traitant les siens également,
Le second agissait avec plus de prudence.
Jamais dans ses mains, la balance
    N'avait penché d'aucun côté;
Aucun de ses enfans n'avait la préférence :
Aussi chez lui regnaient la paix et la gaîté.

Si dans une heureuse harmonie,
    Vous désirez pères et rois,
Que vos fils, vos sujets puissent passer leur vie,
    De chacun soutenez également les droits.

FABLE XXVIII.

Le Chien parvenu.

Un pauvre paysan avait un très-beau chien,
Fort doux, fort caressant; il était tout son bien;
    Aussi Lucas l'aimait à la folie.
  Le seigneur du canton le vit, en eut envie;
  Il voulût l'acheter et le lui demanda :
  Ce malheureux que pressait la misère,
    A le vendre se décida.
  Comment le nommes-tu, compère ?
  Dit le seigneur; je l'ai nommé Pataud
    Lui répondit notre rustaud.
  Ah ! fi donc; ce nom est ignoble,
  Je veux qu'il en ait un plus noble.
  Dès aujourd'hui je le nomme César,
  Ce nom convient mieux à sa mine.
  Notre Pataud, grâce au hazard,
Changea, tout à la fois, de nom et de cuisine.
    Ne voit-on pas aussi chez nous,
  Le hazard quelquefois faire de pareils coups,
Et n'est-ce pas ainsi, que par un tour de roue,
Du pauvre genre humain la fortune se joue? (1)

(1) *Ex humili summa ad fastigia rerum*

Voila César muni d'un fort beau gorgerin
> Dans une niche magnifique,
> Lavé, peigné, soir et matin ;
Et pouvant faire à ses pareils la nique.
Mais oubliant qu'il fût le chien d'un malheureux,
> Le gaillard devint orgueilleux ,
> L'aisance avait changé son caractère.
> Ce chien si doux n'était plus qu'un Cerbère.
> Il aboyait à tout venant,
> Et par son bruyant clabaudage
> Il insultait chaque passant.
> Un jour le curé du village
> Va rendre visite au seigneur ;
Aulieu de le flatter, de le voir avec joie,
> César à triple gueule aboie,
Et feint de méconnaître ainsi son bienfaiteur.
Du temps passé tu ne te souviens guère,
Dit alors le curé : ne fais pas le hautain ;
> Ne t'ai je pas, dans ta misère,
> Assez souvent donné du pain ?
Pourquoi me méconnaître et faire ce tapage ?
Pourquoi donc oublier les services rendus ?
Laisse là ce ton rogue, et désormais plus sage,
Ne va pas comme un sot singer nos parvenus.

Erexit, quoties voluit fortuna jocari.
> > > JUV,

FABLE XXIX.

Le Baudet et le Cheval.

Un baudet enviant le sort d'un beau cheval ;
S'écriait, quoi ! cet animal
Passe le temps à ne rien faire,
Toujours il trouve bonne chère ;
Et moi qui vas sans relâche au moulin
A peine ai-je le nécessaire.
Comme il maudissait le destin,
Et déplorait les maux qu'il souffrait sur la terre ;
Il voit un vaillant chevalier
De superbes harnais équiper le coursier,
Pour lui faire affronter les hazards de la guerre.
Oh! Ceci n'entre point, dit-il, dans mon projet ;
Peu jaloux de cueillir les palmes de la gloire,
Il ne m'importe pas de vivre dans l'histoire :
A ce prix j'aime mieux rester toujours baudet. (1)

(1) *Asinum vivere, inquit, me juvat.*
DESBILLONS.

3

FABLE XXX.

L'Anonyme.

Certain renard, fort érudit,
S'avisa contre un ours de faire un bel écrit.
Dans ce temps-là, dit-on, et c'est un fait notoire,
Les bêtes se servaient de plume et d'écritoire.
Ne pourrait-on pas même, ajouter en passant,
Que de nos jours, encor, on voit en faire autant;
Ce qui rendrait le fait bien plus facile à croire.
　　Notre moderne Cicéron
　　Attaquait dans sa philippique
　　Du seigneur ours la politique,
　　Et frondait son opinion.
　　Sous le masque de l'anonyme
　　Le drôle lui faisait un crime
　　De n'être pas de son avis;
　　Comme le font tous les partis.
　　Pour se soustraire à la censure,
　　Non content de cacher son nom,
　　L'adroit auteur de la brochure,

Laissa planer le noir soupçon
Sur un vieux chien vivant sans gêne;
Qui bien loin de se mettre en scène,
Voyait, d'un œil indifférent,
Factions, cabales et brigues,
Et riait de l'empressement
De ces vils artisans d'intrigues,
Qui rêvant crédit et grandeurs,
Ne nous montrent que petitesses
Et font bassesses sur bassesses,
Pour accaparer les honneurs.
Maître renard, dans cette affaire,
Voulait se couvrir du mystère;
Mais, tôt ou tard, la vérité
Reprend toujours son empire.
Il fut découvert et cité
Pour avoir écrit la satyre.
Le chien, alors, montrant les dents
Tomba sur le pauvre anonyme,
Vous lui fit expier le crime
D'avoir, contre des innocens
Excité le courroux des gens;
Et dit, en rossant le compère,
Il faudrait, de cette manière,
Punir tous ces malins esprits,

qui, comme les filous, redoutant la lumière,
Se cachent bassement derrière leurs écrits :
Quand on a peur, on doit se taire.

FABLE XXXI.

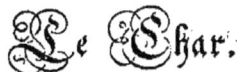

Traînant le même char, des coursiers peu dociles,
    A diriger très-difficiles,
De temps en temps regimbaient en chemin;
S'agitaient et voulaient s'affranchir de leur frein.
    Ah! que ces chevaux ont de peines;
Pourquoi les retenir? Laissez flotter les rênes;
    Au conducteur criaient certains passans.
Au lieu de mépriser les propos de ces gens,
Le conducteur écoute un conseil si perfide,
N'étant plus maîtrisé par la main qui le guide,
Chacun des coursiers cède à sa vivacité,
Et dans moins d'un clin d'œil le char est culbuté.
Le malheureux cocher, en moderne Hyppolite,
Traîné par ses chevaux, s'en fut au dernier gîte;
    Et nous prouva, par son triste destin,
    Qu'il faut toujours bien tenir bride en main.

FABLE XXXII.

Alexandre et Apelle.

Alexandre étant chez Apelle,
S'avisa de parler de cet art merveilleux,
Qui sur la toile offre à nos yeux
De la nature une image fidèle.
Comme il donnait sur cet art son avis,
Et qu'il croyait s'en tirer à merveille.
Apelle lui dit à l'oreille :
(1) Seigneur, parlez moins haut, car si mes apprentis
Venaient à vous entendre,
Les drôles pourraient bien se moquer d'Alexandre.

Bon nombre de gens, ici bas,
Qui voulant trancher du capable,
Disent ce qu'ils ne savent pas,
Devraient mettre à profit le sens de cette fable.

(1) *Oh ! sile, inquit, obsecro;*
Vel voces altem hujusmodi vos discere
Submissiori; ne pueri te, dùm terunt
Mihi colores, audiant et rideant.

DESBILLONS.

FABLE XXXIII.

Un vieux serin, dans sa modeste cage,
    Vivait à son aise et content;
    Mais d'autres oiseaux le blâmant,
Lui disaient : vivre seul; ah! c'est vraiment dommage;
C'est se priver de tout amusement :
    Venez donc dans notre volière,
    Vous y serez parfaitement;
    Là chacun chante à sa manière,
    Et par nos accords merveilleux
Nous charmons, à la fois, les hommes et les dieux.
    Séduit par ce brillant langage,
    Voilà que le pauvre serin
    S'échappe un beau jour de sa cage,
Et va dans la volière où la troupe volage
Le fête en arrivant; mais dès le lendemain
    Les coups de bec furent leur train;
    Car la maudite jalousie,
    Parmis ces différens oiseaux,

Toujours était de la partie,
Et toujours troublait leur repos.
Étourdi de tout ce tapage,
Et regrettant son hermitage,
Retiré dans un coin, le serin se disait :
De quitter mon réduit je fus un imbécille,
Il n'est point, je le vois, de bonheur plus parfait,
Que de vivre chez soi tranquille.

FABLE XXXIV.

Les Animaux en querelle.

Pour mieux corriger nos défauts
Esope a fait parler les animaux.
Sous ce savant maître d'école,
Chacun jouait très-bien son rôle ;
Et l'on pouvait mettre à profit
Ce que les bêtes avaient dit.
Mais la maudite politique
Ayant troublé leur république,
On vit bientôt chaque animal,
Perdant tout-à-fait la cervelle
Se dire, en se cherchant querelle,
Je pense bien, tu penses mal.
Fatigué de tout ce tapage,
Certain quidam prudent et sage,
Leur dit : pourquoi vous offenser,
Et vous accuser avec rage
Sur votre façon de penser?
C'est il faut l'avouer, une plaisanterie;
Car vous n'avez jamais pensé de votre vie.

3.

FABLE XXXV.

L'Épagneul et le Dogue.

Autour de toi chacun s'empresse,
L'on te flatte, l'on te caresse,
Tout le monde te fait accueil;
Le jour sur un très-bon fauteuil,
La nuit, au lit de ta maîtresse;
Tandis que la nuit et le jour
Je suis relégué dans la cour. .
A certain épagneul, ainsi parlait Cerbère.
Tes plaintes ne m'importent guère,
Lui dit le suffisant roquet,
Nos maîtres font ce qui leur plaît.
Ah! répart le dogue en colère,
Au lieu de caresser ton inutilité,
Ne feraient-ils pas mieux de faire
Ce que leur prescrit l'équité?
Mais je me fâche à tort; les bienfaits et les grâces
Sont dévolus aux faiseurs de grimaces.
Les Arlequins et tous les bas flatteurs
Sont toujours mieux payés que les bons serviteurs.

FABLE XXXVI.

La Taupe et le Hérisson.

Le doux et folâtre zéphire
Aux noirs enfans de l'Aquillon
Venait de céder son empire;
C'était aux premiers jours de la froide saison :
Lorsqu'à la taupe, un hérisson
D'un ton piteux vint demander en grâce,
Dans son terrier un très-petit espace.
Elle pouvait le refuser;
Au lieu de vouloir s'excuser,
Ne voilà-t-il pas que la sotte
De le recevoir fait la faute.
Établi dans le trou, notre animal piquant
Blessait la pauvre bête au moindre mouvement.
Ne pouvant supporter une si rude gêne,
L'hôtesse enfin se décide avec peine,
A supplier le hérisson
De vouloir bien sortir de sa maison.
Mais celui-ci, se trouvant à merveille,

La laissa dire et fit la sourde oreille.
La taupe à ce refus,
Jura, mais un peu tard, qu'on ne l'y prendrait plus.

O toi, qui d'humeur trop facile,
Sans réfléchir reçois certaines gens!
Ne t'exposes-tu pas, en leur donnant asile,
A courir le hazard de pareils accidens.

FABLE XXXVII.

—

Le Renard et le Corbeau.

Un renard qui toujours mena joyeuse vie,
   Du temps passé faisait l'apologie.
   Ce n'était pas tout-à-fait sans raison,
Car il croquait alors des poules à foison;
   Mais le présent n'offrait plus rien à frire,
   Ce n'était plus le bon temps pour le sire.
Aussi regrettait-il le passé nuit et jour,
Et sans cesse il faisait des vœux pour son retour.
Tes ridicules vœux de pitié me font rire,
Prôneur du temps passé, lui dit maître corbeau;
Tu ne reverras plus ce temps pour toi si beau.
     Pourquoi te bercer de chimères,
     Et compter sur de tels retours?
     On a beau faire des prières,
     Les ans non plus que les rivières
     Ne rebroussent jamais leur cours.

Notre corbeau plus éclairé par l'âge,
Fit au renard, à son tour, la leçon;
Car ils étaient passés, ces jours où le larron,
Assez adroitement lui mangeait son fromage.

FABLE XXXVIII.

—

La Caille, la Perdrix et la Corneille,

Quoi! tu quittes, pauvre imbécille,
Si légèrement ton pays
Dans l'espoir de trouver près de nous un asile?
A jeune caille, un jour, disait une perdrix :
   Ah! cette erreur n'a pas d'excuse;
Ignores-tu que la fraude et la ruse
   Fondent ici de toutes parts?
Chiens et chasseurs, éperviers et renards,
   Tous animaux cherchant à nuire,
  — Sont à l'affût pour nous détruire.
   Hélas! répondit notre oiseau,
   C'est pour éviter ce fléau
Que j'ai fui jusqu'ici; je tiens de ma grand-mère
  Qu'au temps jadis, entre les animaux
  Regnait partout une paix salutaire,
  Et j'ai pensé qu'il pourrait bien se faire

Que l'on jouit encor, chez vous de ce repos,
    Tu nous répètes à merveille
    Des bonnes femmes les discours,
Lui dit, en ricannant, une ancienne corneille,
Mais, innocente, apprends, qu'en tous lieux et toujours
La colombe a servi de pature aux vautours.

    Vous qui voulez nous faire accroire
    Que jadis on était meilleur,
    Il vous faudrait brûler l'histoire
    Pour accréditer cette erreur.

FABLE XXIX.

—

L'Écrevisse et ses Compagnes.

Ne voulant plus aller à reculons,
Il arriva qu'un jour une écrevisse.
    Je ne sais par quelles raisons,
      Soit par instinct, soit par caprice,
      Se mit à marcher en avant.
Ses compagnes témoins d'un pareil changement,
La blâmèrent d'aller tout au rebours des autres,
      Et pour la punir de son tort,
Dirent : puisqu'avec nous vous n'êtes point d'accord
    Dès cet instant vous n'êtes plus des nôtres.
      Malgré sa singularité,
      Quand elle se vit rejetée,
      De celle-ci la vanité
      N'en fut pas moins très-affectée.
Comme elle réclamait contre ce traitement,
De quoi donc te plains-tu, dit alors un passant,
N'a-t-on pas eu raison de te mettre à la porte?
Oui, l'on devait agir envers toi de la sorte;

Un tel affront tu l'as bien mérité,
Ton action n'était pas des plus sages;
   Qui vit dans la société
   Doit en observer les usages (1).

(1) *La coutume fait tout, c'est une enchanteresse*
Qui transforme en vertus les vices les plus grands.
Combien de préjugés, forts par notre faiblesse,
   S'emparent de nos premiers ans
Et jettent dans nos cœurs leur racine profonde.
Pour les en arracher on fait un vain effort;
   Vouloir prouver que tout le monde a tort
   C'est à la fois revolter tout le monde.

Aut. anony. Fable.

FABLE XL.

Un cerf longeant d'un fleuve le rivage,
disait de ce côté, je ne puis avoir peur,
Mais de l'autre, je dois redouter le chasseur;
Y regarder est, je pense, fort sage.
Comme il tenait à part soi ce langage,
Un *croquant* qui, dans un bateau,
Faisait la guerre aux poules d'eau,
Apperçoit cette pauvre bête.
Celui-ci ne perd pas la tête,
De la rive, tout doucement,
Il approche soudain sa barque;
Ajuste, en un clin-d'œil, l'animal confiant,
Et le fil de ses jours est tranché par la parque.

De tous côtés il faut porter ses soins;
Deux sûretés valent mieux qu'une,
Car vers nous par fois l'infortune
Arrive du côté qu'on la craignait le moins.

FABLE XLI.

—

Le Chien puni.

Un chien qui gardait une cour,
Pour bien remplir son ministère,
N'avait pas autre chose à faire
Que d'aboyer et la nuit, et le jour;
Mais le drôle suivant son malin caractère,
Outre-passait ses droits; il mordait les passans.
'Si bien qu'une foule de gens
Las de souffrir plus long-temps ce Cerbère,
Allaient un jour lui donner son salaire;
Lorsqu'attiré par le grand bruit
Que faisait la troupe en colère,
Du délit de son chien, le maître fut instruit.
Quoi! dit-il des passans tu suscites la haine,
En donnant cours à ta méchanceté,
Sous le masque imposant de la fidélité?
Je veux que tu sois mis tout de suite à la chaîne.

Dans ce maudit chien l'on peut voir,
Ces gens d'emploi, méchans par caractère,
Qui pour le seul plaisir de nuire et de mal faire,
Outre-passent souvent le but de leur devoir..

FABLE XLII.

—

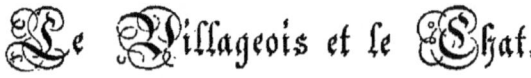 Le Villageois et le Chat.

Dans son cellier, l'habitant d'un village,
Avait serré certain fromage gras;
Mais le voyant entamé par les rats,
Notre benêt crût prendre un parti sage
En renfermant dans le cellier son chat.
Qu'arrive-t-il, le chat détruit le rat, (1)
Et mange ensuite le fromage.

Ah! que de gens de lois,
Soit dit sans conséquence,
En défendant nos droits,
Ont avec notre chat beaucoup de ressemblance.

(1) . . . . *at simul*
Captum illa murem, caseumque devorat.

DESBILLONS.

FABLE XLIII.

L'Anier et son Ane.

Tu recules maudit grison,
Tu ne veux pas dans ce bâteau me suivre ;
Grâce à martin baton
Je saurai bien t'apprendre à vivre.
Ainsi parlait à son baudet
Certain ânier, qui s'échauffant la bile
A tour de bras sur l'animal frappait.
Mais ce moyen étant peine inutile,
Son esprit lui suggère enfin,
Pour venir à bout du mutin,
Une idée assez singulière.
Il le prend par la queue et le tire en arrière ;
Voilà que soudain l'entêté,
Qui voulait par caprice aller en sens contraire,
Dans le bateau s'élance avec vivacité.

Un pareil trait ne nous étonne guère ;
Ne voit-on pas des baudets, tous les jours,
Qu'il faut, pour faire aller, savoir prendre au rebours ?

FABLE XLIV.

Iris et le Soleil.

Comme chacun admirait les couleurs
De son écharpe nuancée,
Et les préférait même aux plus brillantes fleurs,
Iris en était fière; et la pauvre insensée
De son orgueil allant jusqu'au mépris,
Se crût avoir bien plus de prix,
Que l'astre, qui dans sa carrière,
Par son éclat nous éblouit.
Phébus, pour la punir, détourna sa lumière,
Et l'écharpe d'Iris alors s'évanouit.

FABLE XLV

Le Corbeau et le Mouton.

Maître corbeau placé sur le dos d'un mouton,
   Pour s'amuser becquetait sa toison.
Si sur le dos du chien tu becquetais de même,
   Il saurait bien punir ton arrogance extrême,
     Dit le pauvre Robin ?
   Oh ! Je sais à qui je m'adresse,
     Repartit le malin ;
Je tourmente les bons, les méchans je les laisse.

4

FABLE XLVI.

—

Les deux Corbeaux.

Vers ce dernier asile, où tout s'évanouit ;
   Où l'orgueil qui nous éblouit,
   N'est plus hélas ! Qu'une chimère,
   En un mot, vers un cimetière ;
Deux corbeaux commensaux de ces lugubres lieux,
   Prirent ensemble leur volée,
L'un alla se percher sur un beau mausolée ;
L'autre sur le tombeau, rien moins que fastueux,
Dans lequel reposait un mortel vertueux.
   Du sommet de sa pyramide
   Le premier, avec gravité
   Tance l'homme d'honneur avide
Qui jusques chez les morts po......
Cet insensé, dit-il, sous le dra............
Veut conserver encor son rang au............
Et même, s'il l'eut pû, pour toujours être heureux,
   Il aurait acheté sa place dans les cieux ;
N'a-t-on pas vu, jadis, l'orgueilleuse opulence
Pousser jusqu'à ce point, l'excès de la démence ?
   Mais ô folle ostentation !

Égale pour tous, la nature
Ne fait aucune exception :
Le riche et l'indigent, des vers sont la pâture. (1).
Oui, malgré son éclat, ce brillant monument,
Homme vain ! ne pourra te soustraire au néant.
Dèsqu'il eût achevé ce discours pathétique,
L'autre prit la parole, et d'un ton prophétique,
Dit : il est à l'abri de l'outrage des temps,
Cet homme enseveli dans sa modeste bière;
Car il sut illustrer son utile carrière,
Par ses rares vertus, comme par ses talens;
Les siècles reduiront ces marbres en poussière,
Et brillant des rayons de l'immortalité,
Son nom sera transmis à la postérité.

Nos deux corbeaux avaient dit des merveilles,
Mais il fallait qu'ils fussent entendus;
Et leurs discours furent, je crois, perdus,
Car les morts n'ont point d'oreilles.

(1) *Humanos variat vita, mors æquat vices.*
DESBILLONS.

FABLE XLVII.

La Perruche et la Volière.

Cateau placée auprès d'une volière,
Ouït chanter toute sorte d'oiseaux;
Si bien que mal, de leur chant, l'écolière
Croyant avoir appris quelques morceaux;
Sans les savoir, chose assez singulière,
Les répétait aux gens, à tout propos.
Elle eut mieux fait, sans doute, de se taire;
Mais Cateau fit, ce que font tous les sots.

FABLE LXVIII.

—

L'Ourse et la Corneille

Au désespoir d'avoir mis bas
Un pauvre ourson, de forme monstrueuse;
La mère, en sa douleur affreuse,
S'en fut conter son déplorable cas,
A sa voisine la corneille,
Qui pour pronostiquer n'avait pas sa pareille.
Maudissant la rigueur du sort,
L'ourse à son nouveau né voulait donner la mort.
Gardez-vous d'outrager les lois de la nature,
Car l'on verrait tomber sur vous,
Des Dieux immortels le courroux;
Loin de vous affliger d'une telle aventure,
Caressez et léchez, dit l'oiseau, votre enfant;
Je vous prédis qu'il deviendra charmant :
Dans mes prédictions ma chère,
Vous le savez, je ne me trompe guère.
La mère eut peu de peine à suivre cet avis;
Elle lécha si bien, et si souvent son fils;

Que cette masse brute, énorme,
Pût enfin par ses soins acquérir une forme.
Notre ourse dans l'enchantement,
De voir s'embellir son enfant,
Court aussitôt chez la Corneille,
Pour lui conter cette merveille :
Grâce à vous, lui dit-elle, appui de mes vieux ans,
Ce fils, un jour, fera ma jouissance.
Celle-ci répondit, vous voyez que le temps,
Les bons soins, et la patience,
Opèrent d'heureux changemens.

FABLE XLIX.

Le Cheval, le Renard et le Chat-huant.

Couvert d'un harnois éclatant,
De lui satisfait et content,
Affectant un air de conquête;
Un cheval marchait fièrement,
Se rengorgeant, levant sa tête.
La peste soit du suffisant,
Dit un renard, en le voyant;
Je voudrais le punir de son impertinence.
Ah! Tu perdrais ton temps, je pense,
Du fond de son réduit, lui crie un chat-huant;
Renonce à ce projet, compère,
Ce serait avoir trop à faire,
Car chacun, plus ou moins, veut paraître important.

Nous croyons tous avoir le mérite en partage,
Et le plus mince personnage
Voudrait que l'univers n'eût des yeux que pour lui :
On ne voit qu'à regret les qualités d'autrui.

FABLE L.

L'utilité des Cartes à jouer.

Parmi les animaux qui peuplaient un canton,
    Ceux, dont on voit le caractère,
    Se montrer partout, d'ordinaire,
Tels que singe, renard, baudet, chat et dindon,
Voulurent à leur tour, chacun tenir salon;
    Ou pour parler d'une manière
    Qui s'entende plus clairement;
    Disons plutôt tout simplement,
    Que cette importante séquelle
    Voulut former ce qu'on appelle,
    Du pays la société.
    Ce projet fort bien inventé,
    N'exigeant aucune dépense
    Ni de talens, ni de science,
    Aux ignorans comme au savans

Pouvait faire passer le temps.

Il est vrai que la médisance

Ne manquait pas d'aller son train ;

Très-souvent une chatemite

Déchirait un peu le prochain,

Mais les discours étaient sans suite ;

Chacun voulait dire son mot,

Tous bavardaient jusqu'au plus sot,

Et même pourra-t-on le croire,

L'âne parlait à l'auditoire

D'un ton tranchant et décidé ;

C'était lui qui tenait le dé.

On disputait sans se comprendre,

On criait à ne pas s'entendre ;

Enfin nos pauvres animaux

S'étourdissaient entre eux par leurs bruyans propos.

Lorsque Momus, ce dieu de la folie

Dont la présence embellit l'univers,

S'avisa de ranger autour de tapis verts,

Tous les acteurs de cette comédie,

Et leur dit : prenez ces cartons ;

Allons enfans plus de tapage :

Laissez là vos discours, vos cris et vos raisons.

De ces cartes l'utile et salutaire usage (1).

(1) *Les cartes à mon gré sont très-bien inventées.*

4.

Renvoie au loin l'ennui sécouer ses pavots,
Met au même niveau l'érudit et les sots;
    Et la maligne jalousie,
    Cette source de tant de maux,
Troublera, croyez-moi, bien moins votre repos,
    Quand vous ferez votre partie.

A mille têtes éventées
On les voit tenir lieu d'esprit et de bon sens;
En occupant les sots elles servent les sages,
Heureux de se prêter à ces amusemens
Et d'éviter par là cent fades bavardages.

Fab. auteur anonyme.

FABLE LI.

—

Brillant de force et de vigueur,
Un cheval tirant la charrue,
Par sa beauté frappa la vue
De l'écuyer d'un grand seigneur;
Soudain celui-ci le marchande,
Et le paie, à peu près le prix qu'on lui demande,
Tant il était jaloux d'en être possesseur.
Voilà notre rustaud, beau cheval de parade :
Comme il faisait sa promenade,
En son chemin se trouve un jour,
Son malheureux compagnon de labour.
Cet autre en le voyant, s'empresse,
galope vers lui, tout joyeux,
Et le pauvre animal va, les larmes aux yeux,
Lui rappeller son ancienne tendresse;
Mais loin de partager cette vive allégresse,
Notre sot orgueilleux vous lui tourne le dos.

Le monde est plein de semblables chevaux.

FABLE LII.

—

Le Chien et le Renard

Un jour un pauvre petit chien
Se vit forcé de traiter de vaurien,
Un renard maître en fourberie.
Bien loin d'entendre raillerie
Sur pareil nom qu'il méritait si bien;
Celui-ci sur le champ le traduit en justice.
Les fourbes ont plus d'un fois
Sut profiter par artifice,
De l'insuffisance des lois.
Le chien fut condamné, la chose devait être,
Quelque fondé qu'il fut dans son assertion;
Car la loi défendait qu'on appellât fripon,
Dans l'art de friponner même le plus grand maître,
Toujours assez adroit pour ne pas le paraître.
Aux calomniateurs en ôtant tout espoir,
Elle était, dira-t-on fort sage ;
Avouons, cependant, qu'il était bien dommage
Qu'un fripon pût s'en prévaloir

Mais fripons, qu'on se taise, ou bien que l'on vous nomme,
L'opinion n'en va pas moins son train ; (1)
Elle n'est pas la dupe du faquin
Qui croit passer pour honnête homme. (2).

(1) *Du mensonge toujours le vrai demeure maître;*
Pour paraître honnête homme, en un mot il faut l'être
Et jamais quoiqu'il fasse, un mortel ici bas,
Ne peut aux yeux du monde être ce qu'il n'est pas.

BOILEAU.

(2) *Frustrà eum prætereunt leges, quem non absolvit.*
Conscientia. . . . .

SÉNÈQUE.

FABLE LIII.

La Calèche et la Charrette.

Une calèche fort brillante
Sur la route allait bon train;
Une charrette à la marche pesante,
Se rencontra sur son chemin;
Le cocher crie, il tempête, il menace,
Il faut soudain lui faire place.
Le roulier cherche à ranger ses chevaux;
La route était étroite, et pour comble de maux,
Sur sa gauche coulait une forte rivière.
Impatient de demeurer derrière,
Le cocher crie encor, on en vient aux gros mots;
Mais voici bien autre bagarre,
L'attelage effrayé de tout ce tintamarre,
Donne un peu trop à gauche, et charrette et chevaux,
Sont malheureusement engloutis dans les eaux.
Que portait le beau char? Des bouches inutiles,
Et quelques vétemens frivoles et futiles.
Que portait la charrette? Une charge de pain

A des soldats presque mourans de faim.

Un tel exemple est assez ordinaire,
En son chemin, l'inutile, ici-bas,
Souvent culbute l'homme utile et nécessaire,
Et fait à pure perte, hélas ! bien du fracas.

FABLE LIV.

Le Chien et son Maître.

Un chien s'était enfui du logis de son maître,
En se promettant bien de n'y plus reparaître.
    Il fut du patron regretté,
    Car il savait se rendre utile.
Celui-ci le rencontre un jour courant la ville ;
Ah ! Te voilà, dit-il pourquoi m'as-tu quitté ?
Pour toi n'avais-je pas assez de complaisance ?
Je n'ai qu'à me louer de votre bienveillance,
Lui repartit le chien, j'étais content de vous,
    Mais vos gens me rouaient de coups ;
Ils me faisaient du mal, et vous les laissiez faire,
Vous n'osiez pas à leurs coups me soustraire,
Et sans être méchant, ajouta l'animal,
    Vous permettiez leur injustice.

    Faiblesse nuit comme malice ;
    N'oser pas empêcher le mal,
    C'est du coupable être complice.

FABLE LV.

Le Sapajou solliciteur.

Un loup, par usurpation,
Tint, quelque temps, le sceptre du lion.
Un sapajou, grand faiseur de grimaces,
Près du loup, sans succès, sollicita des places ;
Et toujours se vit rejeté,
Pour cause d'incapacité.
Cependant le destin, désormais moins sévère,
Aux vœux de ses enfans voulut bien rendre un père ;
Et le sage lion rentra dans ses états.
Le sapajou vers lui soudain porte ses pas ;
Supplie, implore, sollicite,
Accuse autrui pour avoir mérité,
Par ses talens d'être en activité ;
Employe en son ardeur maudite,
Tout moyen pour la réussite ;
Donne même sa nullité
Pour le garant de sa fidélité.
Mais en vain gillotin se tourmente et s'agite,
Bientôt il est désapointé,

Car le lion, plein d'équité,
Ne veut donner des emplois qu'au mérite.
Ah ! Plut à dieu que pareils intrigans
Pussent ainsi, toujours perdre leur temps.

FABLE LVI.

Le Hibou, la Corneille, et l'Aigle.

Un hibou se croyait aussi beau qu'Adonis;
Riche, se disait-il, des dons de la nature,
La mère des amours m'a donné sa ceinture,
Autour de moi l'on voit et les jeux, et les ris.
    Il est bien temps que l'hyménée
    Couronne enfin ma destinée
    Et donne à mes vœux des enfans,
    Qui, multipliant mon image,
    Fassent l'ornement du bocage
    Et soient mes dignes descendans.
    Il se croyait une merveille;
  Dans ce penser, il dit à la corneille :
    Cours vers l'oiseau de Jupiter,
De ma part, à ce roi des plaines de l'éther,
    Va demander sa fille en mariage.
La corneille croyait avoir mal entendu;
    Mais celui-ci, criant comme un perdu,
    Lui répéta l'objet de son message.

Ah! ce projet lui dit-elle est peu sage,
Et ce serait un nœud mal assorti;
Il vous faut renoncer à si brillant parti.
Notre insensé persiste et fait la sourde oreille.
 Vers l'aigle alors, prend son vol la corneille;
L'oiseau l'écoute et dit, après avoir bien ri;
 Que le hibou, demain, vienne lui-même,
Quand de Tithon l'amante au teint frais et vermeil,
 Aura fait place au disque du soleil.
 Poussé par son orgueil extrême,
L'adonis entreprit un voyage pareil.
A peine, auprès de l'aigle, il commençait sa phrase,
Qu'aveuglé par l'éclat de l'astre radieux,
Le malheureux hibou tombe du haut des cieux,
 Et sur un roc, par sa chûte s'écrase.
 Ainsi puni, justement, par les dieux,
 Chez les morts cet audacieux
 Fut célébrer son mariage.

Hommes vains et présomptueux,
Dans ce hibou vous voyez votre image!

FABLE XLIV.

Le Cierge et la Lumière.

Par mon secours tu répands ta clarté :
Disait au cierge la lumière,
Et sans moi, dans l'obscurité,
Tu ne pourrais fournir qu'une triste carrière.
Cet éclat, par toi si vanté,
Répartit celui-ci; ne me profite guère;
Car plus il est vif et brillant,
Plutôt mon existence est réduite au néant.

Ainsi, pour les humains, il en est de la gloire :
Jaloux d'être placés au temple de mémoire,
Lui prodiguant follement nos amours,
Nous nous mettons, pour l'atteindre, hors d'haleine,
Et nous courons après une ombre vaine (1),
Qui vers la mort précipite nos jours.

(1) *J'ai beau d'inutile fumée*
Traiter ici la renommée;
Mon cœur la défend contre moi.
Malgré la raison qui m'éclaire,
J'aime encore cette chimère,
Toute vaine que je la vois.

LAMOTHE. Ode sur la réputation.

FABLE LVIII.

—

Le Renard et le Loup.

Certain renard tombé par hasard dans un trou ,
  Auprès de lui vit arriver un loup.
    Hélas ! s'écria-t-il, compère,
Aide-moi, je t'en prie, à me tirer d'affaire.
  Je le veux bien, lui répond celui-ci;
Mais de grâce, d'abord conte-moi, mon ami,
Comment malgré ta ruse et ton expérience,
Dans un tel embarras je te rencontre ici ?
Ah ! reprit le renard avec impatience,
Tire-moi du péril dans lequel tu me vois,
  Et laisse-là tout ce préliminaire ;
    Tu le sauras une autre fois :
Me sauver maintenant est le point nécessaire (1).

(1) *Nunc ista desine, quæso : me primùm adjuva*,
                    Desbillons.

FABLE LIX.

L'Araignée et l'Hirondelle.

En courronx contre l'hirondelle,
Arachné disait pour raison :
Cette maudite peronnelle
Gobe au vol mouche et moucheron,
Et me rogne ainsi ma pitance;
Il faut que j'en tire vengeance.
Soudain vers le haut d'un pignon,
Par où passait souvent son ennemie,
Pour l'arrêter, notre étourdie
Va tendre ses filets; mais l'oiseau traversant,
Si promptement qu'un trait, cette frêle barrière,
Emporte autour de lui la toile et l'ouvrière.
Quel était mon aveuglement!
S'écrie alors la bestiole,
Hélas! J'ai fait une funeste école;
Je vais périr, j'ai mérité mon sort.

Contre plus fort que soi s'aviser d'entreprendre,
La raison dit que c'est avoir grand tort;
Mais colère et raison peuvent-elles s'entendre (1)?

(1) *Sed ratio et ira quid in commune consulunt?*

DESBILLONS.

FABLE LX

—

Le Fleuve et sa Source.

Uu fleuve méprisait sa source,
Et disait avec vanité :
Ce filet d'eau dans son obscure course
Sous le gazon cache sa pauvreté,
Tandis qu'avec éclat je fournis ma carrière.
Ingrat, lui répartit la source avec colère ,
Que serais-tu sans mon secours ?
Pourrais-tu nous vanter la beauté de ton cours ?

De bien des gens notre fleuve est l'histoire ;
Il faut que les bienfaits s'oublient aisément,
Car il arrive rarement
Q'on en conserve la mémoire.

5

FABLE LXI.

—

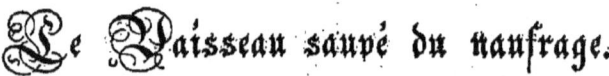

Le Vaisseau sauvé du naufrage.

Uu gros vaisseau, sur l'Océan,
Etait battu par la tempête :
Le capitaine, homme de tête,
Tenait bon contre l'ouragan.
Mais la troupe désespérée
D'une foule de passagers,
S'exagérant tous les dangers,
Criait d'une voix effarée :
Il faudrait prendre tel parti,
Faire cela, faire ceci ;
Et par ses cris jetait l'allarme.
Étourdi d'un pareil vacarme
Plus bruyaut que celui des flots ;
Pour couper court à ce scandale,
Le capitaine, à fond de cale,
Les envoie avec leurs propos.
Eut-il raison ? Faut-il le dire ?

Là-dessus l'on n'est pas d'accord (1);
Mais ll préserva le navire,
Et sut le conduire à bon port.

(1) *Quelques personnes sont d'avis qu'il faut que tout le monde s'occupe des affaires publiques, et n'ont point approuvé le passage suivant rapporté d'après Malherbe, dans la fable 7.e de ma 2.e partie; et que je répète ici avec la correction qu'il était nécessaire d'y faire.*

*. . . . . Fou qui se pique
De se mêler de politique;
Car pourquoi vouloir diriger,
Suivant son caprice, la barque
Où l'on est simple passager.*

FABLE LXII.

—

Le Solitaire et le Mondain.

Comment aimer le monde et son fracas (1)!
On y rencontre à chaque pas,
La fausseté, l'orgueil et la sottise;
Et l'on voit, cependant, des gens à barbe grise,
Avec empressement lui tendre encor les bras.
C'est, il faut l'avouer, une étrange folie,
Que d'employer si mal les instans de la vie.
Ainsi, retiré dans un bois,
S'exprimait certain solitaire,
Qui préférait sa modeste chaumière
Au palais somptueux du plus puissant des rois.
De son côté, blâmant la solitude,
Un aimable mondain ne pouvait concevoir,
Que renonçant au monde, à sa douce habitude,
On pût être assez fou pour vivre sans le voir.
Chacun voyait la chose à travers sa lunette,

(1) *Ce tourbillon qu'on appelle le monde*

L'un aimait les cités, l'autre aimait la retraite ;
Mais tous deux auraient pu satisfaire leurs goûts ;
Et ne pas se traiter l'un et l'autre de fous.

Est si frivole, en tant d'erreurs abonde ;
Qu'il n'est permis d'en aimer le fracas
Qu'à l'étourdi qui ne le connait pas.
VOLTAIRE.

FABLE LXIII.

Le Chien infidèle.

A son chien un berger confia le troupeau;
  Mais ce gardien infidèle,
Sous les dehors trompeurs d'un hypocrite zèle,
  De temps en temps dévorait un agneau.
Le ciel qui, tôt ou tard, fait découvrir le crime,
Permit qu'il fût surpris égorgeant la victime.
Ne mérites-tu pas la mort plus que les loups,
S'écria le berger, tout ému de courroux?
Eux, n'ont pas comme toi trahi ma confiance;
Rien ne peut te soustraire à ma juste vengeance;
A ces mots, il le fit expirer sous les coups.

  Ainsi l'on vit tomber la foudre
  Sur ce coupable garnement.
  Ah! puisse-t-elle également,
  Chez les humains réduire en poudre
Tout prévaricateur, tout infidèle agent;
  Mais ceux-là, trop souvent,
  Savent se faire absoudre.

FABLE LXIV.

La Pauvreté et le Passant.

Contre l'orgueil, un jour, criait la pauvreté;
Mais un passant lui dit, vous avez tort, je pense.
Chaque chose a son bon et son mauvais côté,
Car l'orgueil, bien souvent, soulage l'indigence.

FABLE LXV.

Le jeune et le vieux Corbeau.

Autour d'un bourg cherchant pâture,
Un jeune et vieux corbeau furent pris , d'aventure ,
Dans un filet tendu pour de petits oiseaux.
    Voilà nos deux gaillards bien sots;
Mais un peu revenus de leur frayeur mortelle,
Voyant que le filet n'était pas des plus forts,
Ils font si bien et du bec, et de l'aile,
    Que le succès couronne leurs efforts.
        Encor tout ému de sa crainte,
        Le jeune dit à notre vieux :
        Il faut rendre grâces aux dieux,
Car nous venons d'avoir une terrible atteinte;
        Très-peu, je crois, s'en est fallu,
        Que chacun de nous n'eût vécu.
        C'eût été, pour moi, grand dommage;
        Pour vous, sur le déclin de l'âge,
        Vous avez déjà tant vu,
        Que vous auriez bien peu perdu.

C'est parler sans expérience,
Répond, en se fâchant, le vieux;
Et là-dessus tu ferais mieux,
Blanc-bec, de garder le silence.
Sache que plus que toi j'étais au désespoir;
Rien n'égalait ma vive inquiétude :
De la vie on se fait une douce habitude,
Plus on a vu, plus on veut voir.

5.

FABLE LXVI.

Le Chien, le Chat et le Renard.

Touchant la politique, un chien avec un chat,
Disputaient, et faisaient un terrible sabat.
On n'est plus étonné de semblable querelle,
Car on sait, qu'aujourd'hui, tout le monde s'en mêle.
Certain renard qui n'était pas si sot,
    Laissant crier les deux compères,
Pendant ce temps veillait à ses affaires,
Et pour son compte, avalant le fricot,
    De leur bruit ne s'occupait guères.
Dans ce renard, qui ne reconnaît pas
    Ces messieurs de la bande noire;
    Qui sans prendre part aux débats,
    Bornent adroitement leur gloire
    A bien remplir leur coffre-fort,
En politique, avec tous sont d'accord;
    Et laissent l'espèce bavarde
    Se disputer, se décrier,
    Se dénoncer, s'injurier,
    Et s'amuser à la moutarde.

FABLE LXVII.

L'Avantage de l'ignorance.

Lafontaine disait, dans ses charmans écrits :
Laissez dire les sots, le savoir a son prix.
   Irai-je ici, d'une voix téméraire,
   Vous raconter un exemple contraire;
     Et clairement vous faire voir
     Qu'il est des cas, où le savoir
     N'est pas notre meilleure affaire.
     Deux voyageurs, l'un bien savant,
     L'autre tout-à-fait ignorant,
  Traversaient l'eau sur une frêle barque.
   Dans cet esquif fort plat et très-léger,
Le voyageur instruit voyait bien du danger;
Craignait à chaque instant les ciseaux de la parque.
Ce bateau, pensait-il, est sans stabilité,
     De son centre de gravité,
La trop grande hauteur nous expose au naufrage;
     Le moindre coup de vent
Pourrait nous chavirer et nous mettre à la nage.
Dans ses réflexions il était tout tremblant.

Cette juste et fort triste pensée
Occupa son esprit toute la traversée.
De son côté, notre ignorant
Du péril n'ayant aucun doute ;
Suivait sans crainte le courant,
Faisait tout doucement sa route,
Et semblait dire à tous nos beaux esprits :
N'en déplaise aux savans, l'ignorance a son prix (1).

(1) *Il est beau de savoir, il est bon d'ignorer.*
DELILLE.

FABLE LXVIII.

La Girouette et le Moulin à vent.

Au moindre vent une girouette
S'agite, tourne, pirouette
Et sans profit se met en mouvement :
De bien des gens, d'après nature,
Elle offre à nos yeux la peinture.
Mais l'adroit intrigant ,
Qui toujours calcule et combine,
Ainsi que le moulin , ne se tourne à tout vent
Que pour faire de la farine.
De tels exemples sont, aujourd'hui, très-nombreux,
Et l'on pourrait citer bien des meûniers heureux.

Quel sens moral, va-t-on me dire,
De tout ceci peut-on déduire?
Le voici, sans être bien fin :
Le public est cette girouette
Qui sans nul profit pirouette ,
Et les meneurs sont le moulin.

FABLE LXIX.

L'Homme qui bâtit.

Un homme bâtissait; et qui ne bâtit pas,
    Soit à la ville, ou bien à la campagne?
Les uns sur la hauteur, les autres dans le bas;
Granges, maisons, palais ou châteaux en Espagne;
        Chacun flatte sa vanité,
        Soit en espoir, soit en réalité.
Celui-ci bâtissait une maison fort haute,
Pour atteindre ce but rien ne lui faisait faute,
Ni pierres, ni maçons; il avait de l'argent.
        Trop s'élever; c'est imprudent,
    Lui dit quelqu'un, il n'en voulut rien croire;
        Tant l'ambitieux faisait gloire
            D'avoir, dans le canton,
            La plus haute maison.
Mais le sol trop chargé par la maçonnerie
        Un beau jour s'affaissa;
Et le drôle paya chèrement sa folie;
Car manquant par le pied, la maison s'écroula.

Un tel exemple est assez ordinaire,
Et cependant l'on n'en profite guère.
On a beau voir les autres en défaut;
 Tout en blâmant leur imprudence,
 On veut courir la même chance,
Et souvent on s'écroule, en s'élevant trop haut.

FABLE LXX.

Le Singe.

Un singe, chez les morts, s'en fût un beau matin ;
　C'était au temps de la métempsycose.
Pluton très-mécontent de ce singe malin,
　A le punir, sans délai, se dispose,
Et veut vous l'affubler de la peau d'un baudet.
　　Alarmé d'un pareil projet,
　　Fagotin, pour avoir sa grâce ;
　　Par mille tours de passe-passe,
　　Par mille sauts de sa façon,
　　Fit rire et désarma Pluton.
Quand on sait les flatter, qu'on sait les faire rire,
Des dieux comme des rois on est sûr du pardon.
Notre singe fléchit le dieu du noir empire,
　　Et d'un aimable perroquet
Put obtenir enfin l'habit et le caquet.
　　Né sous une étoile heureuse,
　　Il fut le perroquet mignon
　　D'une vieille et riche causeuse.

Le vin, les noix et le bonbon
Tombaient dans sa cage à foison.
Mais pour avoir mangé beaucoup trop de dragées,
Ververt *en noirs cyprès vit ses roses changées.*
Le voilà descendu de nouveau chez Pluton;
Qui de lui, cette fois, voulut faire un poisson.
C'eût été, tout-à-fait, lui couper la parole;
Notre gaillard joua si bien son rôle,
Siffla, chanta, sur un si plaisant ton,
Qu'il arriva, qu'en somme
Le dieu le renvoya sous la forme d'un homme.
Mercure, un jour, ce messager des dieux,
Qui court partout, et voltige en tous lieux,
Dans un cercle apperçut ce plaisant personnage;
Le reconnut parfaitement
A son air fat et suffisant,
A son pitoyable langage,
Et lui dit en riant : celui qui t'ôterait
Tes gestes façonnés et ton bruyant ramage,
Ne laisserait de toi, plus rien du tout, je gage.

De ce singe, et du perroquet,
Que d'hommes, ici bas, nous offrent l'assemblage!

FABLE LXXI.

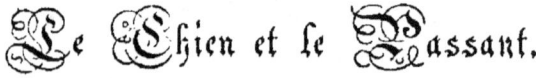

Crainte de mauvais tours de la part de raton,
Certain chien fut chargé de garder un jambon.
Comme à notre filou, mouflard donnait la chasse;
    Voilà bien! s'écrie un passant,
    Si je ne me trompe, un gourmand,
Qui près de ce jambon veut seul avoir sa place.
Mais quelqu'un du logis entendant ce propos,
Lui répliqua soudain, le jugement est faux;
Car sachez que ce chien, vigilant et fidèle,
Pour garder le jambon, fait ici sentinelle.
Pourquoi donc sans l'entendre osez-vous l'accuser?
A ces mots, celui-ci crut devoir s'excuser;
Il eût mieux fait d'abord, sans doute de se taire.

Juger sans examen est assez l'ordinaire,
    Et dans le monde fort souvent,
    Nous rencontrons notre passant?

FABLE LXXII.

L'Ecrevisse et sa fille.

A sa fille encore novice,
Tu ne marches pas droit, disait une écrevisse,
Ma mère, lui répond l'enfant,
Je vous suivrai, passez devant (1).

(1) *Ut prorsus iret , filium retrogadum*
Cancer monebat; at filius : i præsequar.
DESBILLONS.

FABLE LXXIII.

Le Concert des Oiseaux.

Divers oiseaux dans un charmant bocage,
 Qu'ils égayaient par leur ramage,
 A chanter s'exerçaient entr'eux,
 Et gazouillaient à qui mieux mieux.
Soit par orgueil, ou bien par jalousie,
 Quelques merles, quelques corbeaux,
 Qui n'étaient pas de la partie,
Se moquaient et riaient de ces pauvres oiseaux.
 Leur troupe presque consternée
 D'être de la sorte bernée,
 N'eût bientôt plus chanté d'accord;
Quand un serin leur dit, vous avez tort;
 Car de cette race maudite,
Vous pouvez vous moquer avec plus de raison.
Le merle sait siffler, voilà tout son mérite,
 Et le corbeau son digne compagnon,
 Que sait-il donc faire? Il croasse;
 Avec de si rares talens,

Doit-on leur trouver bonne grâce,
De vouloir rire à vos dépens?
De ce serin le discours était sage ;
Il voulait leur prouver que ces mauvais plaisans,
Qui font si bien les suffisans,
Ont rarement le savoir en partage;
Et que malgré leur trait malin,
Il faut aller toujours son train,
Sans écouter leur persiflage.

Les goguenards, les diseurs de bons mots,
Dans tous les temps ont amusé les sots; (1)
Ne leur répondez pas, laissez, laissez les dire;
Contre vous il seront bientôt las de médire.

(1) *Dieu ne créa que pour les sots*
Les méchans diseurs de bons mots.
LA FONT. Liv, 8. Fab. 8.

FABLE LXXIV.

Les Chiens et les Chats.

Sous un lion, les chiens vivaient heureux,
 Tout allait au gré de leurs vœux;
 Mais un événement funeste,
 Plus à craindre encor que la peste:
 Une affreuse rebellion
A s'éloigner força le roi lion.
 Certain léopard prit le sceptre,
 Tout changea sous ce nouveau maître,
 Pour courtisans il eût des chats,
 Car chacun a ses créatures;
 Les chiens firent tristes figures;
Heureusement pour eux cela ne dura pas.
 Un beau jour, le nouveau sire
 Fût culbuté de haut en bas,
 Et le lion rentra dans ses états.
 Un tel retour ne fit pas rire,
 Certainement, messieurs les chats;
Mais de force ou de gré, chacun dût y souscrire.
 Les chiens, à bon droit, tout joyeux,

Sont replacés à qui mieux mieux.
Tout chat perdit son importance,
Et fut soudain mis de côté;
Cette atteinte à leur vanité
Fût une si cruelle offense,
Que depuis, les chiens et les chats,
Sans cesse, sont en *Altercas*,
Et se font tous les jours, tellement la grimace,
Qu'il faudra que le temps renouvelle leur race,
Avant qu'on puisse voir entr'eux régner la paix :
Car à quiconque nous déplace,
L'intérêt et l'orgueil ne pardonnent jamais ;
Tant chacun est jaloux d'avoir la préférence.
Cette fable n'est pas si fable que l'on pense.

FABLE LXXV,

Les Feux folets.

Au milieu d'une nuit profonde,
Furetant et faisant sa ronde,
Un braconnier vit, le long d'un marais,
Un de ces feux, que l'on nomme follets,
Présumant que cette lumière
Venait de certaine chaumière,
Vers elle il s'achemine et notre malheureux,
Se jette, en la suivant, dans un gouffre bourbeux.

Ah ! Que de gens prenant pour guide
Des follets la lueur perfide, (1)
Comme ce pauvre braconnier,
Sont, de nos jours, tombés dans le bourbier.

(1) *Fallaciores tenebris ipsis indicat*
Fabella multas, quæ micant hodiè, faces.

DESBILLONS.

FABLE LXXVI.

—

Le Milan malade.

Un milan fort malade et se sentant mourir,
    Disait, s'adressant à sa mère,
    Qui triste de le voir souffrir,
    Exhalait sa douleur amère.
Hélas! Séchez les pleurs qui coulent de vos yeux;
    Ayons plutôt recours aux dieux,
Et pour les appaiser faisons leur des prières.
Comment, dit celle-ci, peux-tu des immortels
Espérer d'obtenir la fin de tes misères;
Tandis que l'on t'a vu profaner leurs autels,
    Et te souillant de mille crimes,
    Violer même les victimes.
Mais d'où te vient, mon fils; ce respect pour les dieux;
    Car loin de leur offrir des vœux,
Tu les méconnaissais dans le cours de ta vie (1),

(1) *Les jours donnés aux dieux ne sont jamais perdus*
                LAFONTAINE.

6

Et tu crois les fléchir aux portes du trépas?

Il est bien rare que l'impie (2),
A ses derniers momens, ne se démente pas.

(2) *Rarò in periclis, impius constat sibi.*

DESBILLONS.

FABLE LXXVII.

La Pie, la Corneille et le Vautour.

Ah! que de maux cause l'envie,
Et qu'elle fait verser de larmes, chaque jour!
Pour nuire à la corneille, une méchante pie
D'un air officieux aborda le vautour,
    Et dit, en lui faisant sa cour :
Seigneur, avez-vous vu cette belle corneille
Qui nourrit ses petits sur le chêne voisin?
    Elle a tout lieu de bénir le destin;
    Sur ses vertus on ne saurait se taire;
    On ne peut que louer une si bonne mère.
    Ses nourrissons tout-à-fait délicats,
Grâce à ses soins, jamais, ne crièrent famine,
    Ils sont, comme elle, gros et gras;
Non, jamais on n'en vit avoir meilleure mine.
Vers le nid, sur-le-champ, notre oiseau de rapine
Aussi prompt que l'éclair, s'envole à cet avis,
Et dévore à la fois la mère et ses petits.

Ainsi par un noir artifice,
Souvent on a vu les méchans,
Affecter de louer les gens,
Quand l'éloge devait leur porter préjudice.

FABLE LXXVIII.

Le Chat, l'Eléphant et le Roquet

Un vrai tartuffe, un vieux et malin chat
    Toujours des premiers au sabat,
Qui jaloux d'avoir l'air de valoir mieux qu'un autre,
Au détriment d'autrui faisait le bon apôtre,
Fut devant l'éléphant dénoncer un roquet,
L'accusant d'avoir pris un morceau de croquet.
    Quoique tout vol soit condamnable,
Tel cas, dit l'éléphant, n'est pas, je crois, pendable.
Là-dessus le matou criant encor plus fort,
    Animé sans doute, je pense,
    Par quelques motifs de vengeance,
Voulait qu'on condamnât le pauvre chien à mort.
    Oh! répartit l'éléphant en colère,
Je saurai bien te forcer à te taire :
    Vil artisan d'iniquité!
Toi, qu'aurait dû cent fois réprimer la justice,
    Enhardi par l'impunité,
    Tu veux que de mort l'on punisse

Ce pauvre petit animal,
Qui n'a presque fait aucun mal.
Ah! tu nous prouves bien, dangereux hypocrite,
Vrai gibier du démon!
Qu'un dénonciateur est toujours un fripon.
Le chat tout consterné de sa non réussite,
Craignant alors pour lui, déguerpit au plus vite.

Puisse-t-on démasquer de même tout vaurien,
Que l'on voit; ici-bas, singer l'homme de bien!
Celui-ci fut toujours indulgent, charitable,
Et ne s'abaisse pas à nuire à son semblable.

FABLE LXXIX.

—

La Poule et les oeufs de Crocodile

Une poule trouva des œufs de crocodile (1).
Cédant à son instinct, voulant se rendre utile,
La pauvrette les couve. A peine les petits
    Furent de leur coque sortis,
  Que les cruels lui font mille morsures ;
    Elle succombe à sa douleur,
     Et meurt de ses blessures.

Élever des méchants, c'est couver son malheur (2).

(1) *Les œufs de crocodiles ne sont pas plus gros que ceux des oies.*
                    PLINE, liv. 8, chap. 25.

(2) *Malum sibi fovet, quisquis educat malos.*
                   DESBILLONS.

FABLE LXXX.

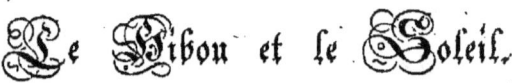

Ne pouvant supporter le moindre éclat des feux,
Dont l'amant de Téthis sur son char étincelle ;
Le hibou certain jour, vous lui cherche querelle.
Tu te fâches à tort, dit l'astre radieux.
Pourquoi t'en prendre à moi ? N'accuse que tes yeux.

De cet oiseau nous blâmons l'injustice,
Et l'on nous voit agir à-peu-près comme lui ;
Car loin de convenir d'avoir le moindre vice,
Nous aimons mieux jeter la faute sur autrui.

FABLE LXXXI.

L'Écureuil et le Chien.

Se demenant comme un fou dans sa cage,
Et croyant qu'il faisait ainsi beaucoup d'ouvrage,
Un écureuil d'un accent dédaigneux,
 Osa traiter de paresseux
Un pauvre chien qui, las d'avoir tourné la broche,
 Et de courir, et d'aboyer,
 Se reposait près du foyer.
 Piqué d'un injuste reproche :
 Insensé, repart celui-ci,
 Tu me fais pitié, je l'avoue,
 Tu te prévaux de tourner une roue ;
 Assez souvent je tourne aussi,
 Mais je fais cuire le rôti,
Pour la maison mon travail est utile.
Je pourrais à bon droit en tirer vanité,
 Tandis que toi, pauvre imbécille !
 Ce que tu fais est sans utilité.

Comme cet écureuil ou la mouche du coche,
 Il est bien des gens, ici-bas,
Qui s'agitant en vain, et de droite, et de gauche,
 Sans aucun but font beaucoup d'embarras.

6.

FABLE LXXXII.

Les Chiens enragés.

Des chiens attaqués de la rage,
Dans un très-beau pays répandaient la terreur.
Dans plus d'un bourg et d'un village,
On en avait tellement peur,
Qu'à tous les chiens on déclara la guerre.
On redoutait de leur part mille maux,
On voulait en purger la terre,
On poursuivait partout ces pauvres animaux.
La frayeur agitait si vivement les têtes,
Que bien des gens, pour leur sécurité,
Rendaient, sans examen, ces misérables bêtes
Victimes de leur cruauté.

De la prévention déplorable ascendant!
Par toi, de bien juger on devient incapable,
Car tu nous fais confondre, en ton aveuglément,
L'innocent avec le coupable.

FABLE LXXXIII.

Le Renard et le Hérisson.

Les ruses et les tours des chiens et du chasseur
    Ne me font pas la moindre peur;
Sans vouloir me flatter, j'ai dans ma gibecière
Mille et mille moyens pour me tirer d'affaire :
Disait un vieux renard, un jour au hérisson.
D'avoir tant de moyens fort peu je m'embarrasse,
    Le pauvre animal lui répond,
    Je n'en ai qu'un, mais il est bon.
A ces mots l'on entend venir des chiens de chasse,
Soudain mettant en jeu ses tours de passe-passe;
    Maître renard galope à travers champs.
    De son côté, l'autre se plie en boule,
    Ne présente que ses piquans,
    Et brave ainsi les coups de dents.
Mais le danger passé, voilà qu'il se déroule
Et qu'il voit le compère, avec tous ses moyens,
Atteint et déchiré sans pitié par les chiens.

FABLE LXXXIV.

—

Le Cocher mal-adroit

D'un char léger et des plus élégans
Un étourdi voulut conduire l'attelage,
Et nouveau Phaéton, il fit à ses dépens
Du métier de cocher un triste apprentissage.

Comme au hazard il menait ses chevaux,
Qu'il les faisait trotter et par monts et par vaux;
Ceux-ci qu'il tourmentait à force de saccades,
Après avoir lâché ruades sur ruades;

    Prirent enfin le mors aux dents,
Et renversant l'élégante voiture,
    Sur le pavé mirent les gens.
    Furieux de cette aventure,
    Couvert de boue et tout meurtri,
    A coup de fouet notre étourdi
Sur l'un de ses coursiers frappait outre mesure.
Pourquoi traiter ainsi, lui dit-on, ce cheval?
S'il vous a renversé le cul par dessus tête

La faute en est à vous qui le conduisiez mal;
Vous avez plus de tort que cette pauvre bête.

Tout mauvais conducteur s'en prend à ses chevaux;
Et les chevaux, grâce au ciel, ont bon dos.

FABLE LXXXV.

Le Nain et le Géant.

Monté sur un géant, un malheureux pygmée,
L'esprit rempli d'une vaine fumée,
S'écriait fièrement : je vois plus loin que toi.
    Oui, dit le géant, grâce à moi.

Toi qui fier d'avoir fait un pas dans la carrière,
Crois devoir l'emporter sur cet esprit divin,
    Qui le premier, franchissant la barrière,
        A sû te frayer le chemin,
N'es-tu pas à nos yeux ce ridicule nain ?

FABLE LXXXVI.

—

Le Renard et le Trou.

Un vieux renard, grand croqueur de volaille,
Cherchait à pénétrer dans une basse cour;
Tandis qu'il furetait autour,
Voilà qu'au bas de la muraille
Il voit un trou, mais il le croit,
Au premier coup d'œil, trop étroit;
Et dans ce penser le compère
Tremble de manquer son affaire.
Il tente cependant de passer le détroit;
Notre affamé fait si bien qu'il le passe.
Aux poulets allarmés comme il donnait la chasse,
Espérant faire un bon repas;
Un très-gros chien, qu'éveille ce fracas,
L'apercevant, se met à sa poursuite.
Aussi prompt qu'un trait, le brigand
Gagne vers le trou, prend la fuite,
Et cette fois le trou lui semble être trop grand;

Tant il craignait, dans sa frayeur extrême,
Que le chien ne passât lui-même.

Ce trou d'abord petit, puis ensuite trop grand,
De la part du renard semble une inconséquence;
Mais l'un et l'autre cas expliquent clairement,
De sa façon de voir toute la différence.

FABLE LXXXVII.

La Femme et la Poule.

Modérer ses desirs est ce qu'il faut savoir,
Car souvent l'on perd tout, en voulant trop avoir.
D'exemples là-dessus il en est une foule ;
Grenouille pour avoir même grosseur qu'un bœuf,
S'enfle et creve. Oh ! citez un exemple plus neuf.
    Eh bien : il était une poule,
    Qui tous les jours pondait un œuf ;
       La poule mieux nourrie
       M'en donnerait, je crois
       Au lieu d'un, deux ou trois,
       Disait une harpie.
       La pécore aussitôt,
       De sa chère volaille
       Vous remplit le jabot,
       Avec tant de mangeaille
       Et de mets superflus,
       Que l'heureuse poulette
       Devint si rondelette,

Qu'elle ne pondit plus.

A l'appui de ce fait ne pourrait-on pas dire,
Que bien des auteurs, ici bas,
Pour être devenus trop gras,
Comme la poule ont cessé de produire.

FABLE LXXXVIII

Le Jardinier et la Haie.

La maudite haie! elle occupe,
Disait un jardinier, beaucoup trop de terrein;
De la laisser c'est être dupe,
Il vaut bien mieux agrandir le jardin.
A ces mots il l'arrache, et faisant de la sorte,
Aux voleurs il ouvrit la porte.
Notre étourdi tomba
De Carybde en Scylla.

Tel qui pour avoir mieux s'avise de détruire,
En évitant un mal peut tomber dans un pire.

FABLE LXXXIX.

Ses filets bien tendus à travers la rivière,
* Un vieux pêcheur avec un long bâton,
   En remuait la vase et labourait le fond.
Oh ! s'écrie un passant, que fais-tu là compère ?
Pourquoi troubles-tu l'eau ? Ce n'est pas sans raison,
Repartit celui-ci, c'est chose nécessaire,
Car c'est le vrai moyen d'attraper du poisson.

Que de gens, sans aller pêcher à la rivière,
   Ont de nos jours, comme lui, dira-t-on,
      Dans le trouble fait leur affaire.

FABLE XC.

Les faux Jugemens.

Des animaux, comme on en voit beaucoup,
> Tels que chien, chat, renard et loup;
> S'imaginant être de bonnes têtes,
S'arrogèrent le droit de juger d'autres bêtes.
Suivant eux les lions n'étaient pas assez forts,
Les éléphans manquaient quelquefois de prudence;
> Tels juges assez clairement,
> Nous prouvaient par leur éloquence,
> Que la langue est un instrument,
> Qui sert hélas! bien moins souvent,
> A la raison qu'à la démence.
> Leur tribunal condamnait ceux,
Qui sous tous les rapports valaient beaucoup mieux qu'eux,
> A leur ton l'on eut crû l'arrêt irrévocable.

Mais pourquoi nous borner aux acteurs d'une fable;
> Ne voit-on pas tous les jours bien des gens,

Qui se croyant possesseur d'un grand sens,
Prononcent sur autrui sans le moindre scrupule,
D'une façon toute aussi ridicule ? (1)

Dans ce récit fait au hazard,
Chacun de nous peut bien prendre sa part,

(1) *At nos virtutes ipsas invertimus ; atque*
Sincerum cupimus vas incrustare.......

HOR. Sat. 3. Liv. 1,

FABLE XCI.

—

Le Rat, la Belette, le Renard et le Loup. (1)

Un rat vole une noix, le pauvret s'en régale.
La belette le voit, vous le hape et l'avale;
   Maître renard attrape celle-ci;
     Et sur le champ la gobe aussi.
Certain loup affamé, rencontre le compère,
     Et sans plus de mystère,
     Il dévore à la fois,
Le renard, la belette et le rat, et la noix.

Ainsi petits voleurs, souvent vos brigandages
Retournent au profit de plus grands personnages.

Mus, Mustela, Vulpis et Lupus.

Nucem rapuerat furtim, eâque mus dape
Bellè refectus, cum rediret ad cavum;
Hunc adspicit mustela, persequitur, capit,

(1) On rapporte ici le texte de cette fable qu'on a presque traduite littéralement.

Commestque : sed mox irruens ipsam necat,
Pariterque mandit vulpis. Lupus hanc denique
Famelicus apprehendit; et simul vorat
Vulpemque, mustelamque, muremque, et nucem,
Potentiores sæpè latrones frui
Latrunculorum scelere, fabella indicat.

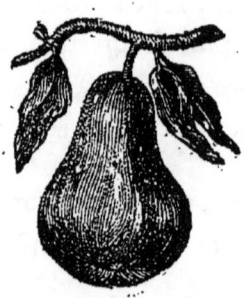

FABLE XCII.

—

Les Délateurs punis.

Jadis les animaux vivaient en république ,
Comme nous ils avaient leurs lois, leur politique.
   Chez eux aussi des mécontens
   La turbulente et sotte engeance,
Que l'on rencontre en tous lieux, en tous temps,
   Nécessitait beaucoup de surveillance.
Après eux on lâchait un tas de vilains chiens,
Car, par malheur, on ne pouvait mieux faire,
   Pour bien remplir un pareil ministère,
   Que d'employer vauriens contre vauriens.
   Ceux-là craignant toujours d'être en arrière,
   A défaut de pouvoir dans leur perversité,
      S'appuyer de la vérité,
     Au mensonge donnaient carrière.
     Ces êtres lâches et méchans
     Poussés par les motifs puissans
     D'être payés et de mal faire ;
     Semblables à ce braconnier,

7

Qui tirait sur les gens à défaut de gibier,
Auraient assassiné même jusqu'à leur frère.
Grâce à leurs soins, tout fût dans la frayeur;
Si bien que, las de répandre des larmes,
Les animaux allaient se servir de leurs armes.
Mais le sénat, à qui cette rumeur
Fit concevoir les plus vives allarmes,
Prit enfin le parti de tout voir par ses yeux.
De ces vils délateurs il connut l'imposture,
Et maudissant alors leurs soins officieux,
Proscrivit à jamais cette race parjure.

Ainsi fûrent punis ces dangereux brouillons,
Qui feignant un zèle hypocrite,
Pour leur propre intérêt, se faisaient un mérite
D'exciter sans motifs la crainte et les soupçons.

FABLE XCIII.

L'aigle et le Paon.

L'aigle voyait avec fierté,
Que toute la gent volatile
Lui décernait le prix de la beauté.
Le paon disait tout bas; sache, pauvre imbécille
Qu'à tout seigneur on fait salamalec;
Ce n'est pas pour ton beau plumage,
Qu'ici chacun te rend hommage ,
C'est pour tes serres et ton bec.

Ce paon, quoique jaloux, raisonnait assez juste;
De parler bas, surtout, il avait bien raison.
Tout empereur fut-il même un Néron ;
Grâce aux flateurs, est toujours un Auguste. (1)

(1) *Suspecta laus, quæ summa potestas obtinet.*
DESBILLONS.

FABLE X' IV.

Le Renard Amphitrion.

Un renard, la terreur de la pauvre volaille,
Du produit de ses vols, à d'autres animaux,
Faisait manger souvent quelques friands morceaux.
Ces mangeurs, va-t-on dire, étaient de la canaille,
Et ne valaient pas mieux que leur Amphitrion.
Est-ce qu'on oserait appeler de ce nom,
Ceux qu'ordinairement rassemble la cuisine
        De tant de héros de rapine ?
    Et pourquoi pas ; tous ces honnêtes gens,
    Qui des riches fripons hantent les bonnes tables,
    Et que la gueule force à des ménagemens,
    Ne sont-ils pas des êtres méprisables ?

    Mais n'allons point ici, trancher du Juvenal ,
    Cela pourrait se terminer fort mal ,
    Car des gourmands la nombreuse famille
    De tout côté dans le monde fourmille.

FABLE XCV.

Le Singe et le Miroir.

Un singe, qui croyait être un beau personnage,
Dans un miroir aperçut son image :
    Le magot se méconnaissant
    S'écriait en se regardant,
Non jamais on ne vit si vilaine figure,
Le peintre a voulu faire une caricature !
Un malin qu'amusait ce plaisant entretien,
Lui dit d'un ton railleur; ce portrait est le tien. (1)
    Il voulut dabord s'en défendre,
    Mais à la vérité, force fut de se rendre ;
    Car clairement on lui fit voir
Que pour une peinture, il prenoit un miroir.
Le singe convaincu fit alors la grimace.
Et brisa de dépit la trop fidèle glace.

Quand on veut détromper les gens de leur erreur,
Il arrive souvent qu'on les met en fureur;
Ainsi, jadis comme au siècle où nous sommes,
L'amour propre, toujours, a maîtrisé les hommes.
(1) *Ipsa hæc imago tua est.*

                        DESBILLONS.

FABLE XCVI.

Le vieux Lion.

Un vieux lion, qui souffrait mille maux,
Accusait nuit et jour le ciel de sa misère.
Asthmatique, gouteux et n'y voyant plus guère,
Il se trouvait forcé de rester en repos.
Comme dans sa tannière il se plaignait sans cesse;
Tais-toi, lui dit enfin le sort,
Pourquoi vouloir te plaindre à tort.
　　　Prétendrais-tu de la jeunesse
　　　Avoir la force et la vigueur?
Faudrait-il donc qu'une vieille machine,
　　　Qui s'écroule et tombe en ruine,
　　　Eut d'une neuve la valeur?
　　　Ah! Jupiter aurait fait un erreur.
　　　Tu demandais une longue carrière;
　　　N'ai-je pas souscrit à tes vœux?
Loin d'être satisfait, tu te plains au contraire;
　　　Vas, tu ne sais ce que tu veux.
Dans ce lion nous voyons notre image;

Nous voulons vivre, et quand nous sommes vieux,
Nous nous plaignons encor aux dieux
    Des incommodités de l'âge.
    Redoutant le moment fatal,
    Chacun de nous tient à la vie : (1)
Désirer de vieillir, est-ce un bien, est-ce un mal?
    Est-ce raison, est-ce folie ?
    Décider cette question;
N'est pas , je crois, chose des plus faciles,
Pour ne pas nous tromper, à d'autres plus habiles
    Laissons-en la décision. (2)

(1) *La vie est-elle un bien si doux ?*
Quand nous l'aimons tant, songeons-nous
De combien de chagrins sa perte nous délivre ?
Elle n'est qu'un amas de crainte et de douleurs
* De travaux, de soucis , de peines.*
Pour qui connaît les misères humaines ,
Mourir n'est pas le plus grand des malheurs !
        M.me DESHOULIERES.

(2) *Lafontaine a dit :*
      Plutôt souffrir que mourir ,
      C'est la devise des hommes.
Mais la question n'est pas pour cela décidée, car encore
faudrait-il savoir si c'est raison ou folie de la part des
hommes , d'avoir pris cette devise.

FABLE XCVII.

Le Charbonnier et le Foulon.

Un charbonnier invitait un foulon
A loger avec lui dans la même maison.
    Cela ne me conviendrait guère,
    Fort prudemment repartit celui-ci,
Car mon travail serait toujours noirci;
De ton logis je dois m'éloigner au contraire.

O vous qui n'êtes pas du même caractère,
Ne logez point dans la même maison! (1)
Conduisez-vous comme a fait le foulon,
Vous n'avez rien de mieux à faire.

(1) *Malè sociantur, quæ naturâ discrepant.*
                            DESBILLONS.

FABLE XCVIII.

Les deux Chevaux.

Un écuyer avait, à grands frais, acheté
Deux très-jeunes chevaux nés de la même mère,
Tous deux étaient d'une égale beauté :
Il voulut les dresser, c'était là son affaire.
L'un se montra docile et remplit ses souhaits,
L'autre opiniâtre et mauvais,
Ne fut jamais capable de rien faire,
Et rebuta si fort le cavalier,
Qu'il le vendit à certain muletier.
A quelque temps de là, dans la même écurie
Se rencontrent nos deux chevaux.
Le paresseux chargé de vils fardeaux
Vit son frère avec jalousie,
Couvert d'un harnais des plus beaux ;
Et lui dit, en pleurant, comment se fait-il, frère,
Que nés tous deux parfaitement égaux,
Notre condition si grandement diffère ?
Tu vis heureux, je souffre mille maux

7.

Et je vois tous les jours s'accroître ma misère.
L'autre lui repartit, en voici la raison;
J'ai sû mettre à profit mon éducation. (1)

(1) . . . . *bonum*
Hoc omne, frater, in me inesse quod vides,
Bene collocata fecit educatio.

DESBILLONS.

FABLE XCIX.

—

Le Chien de chasse et le Chat,

Dès que la nuit avait plié ses voiles,
　　Et que l'aurore au front vermeil
　　Ouvrant les portes du soleil,
　　Avait fait pâlir les étoiles;
Miraut, de son canton, le plus fameux limier,
　A travers champs poursuivait le gibier.
　　Vantant en tous lieux ses prouesses,
Son maître, tous les jours, l'accablait de caresses;
　　. Mais notre chien, un beau matin,
Se vit abandonné par son heureux destin.
Ce Miraud si vanté, ce chasseur intrépide
　　Se casse une patte en courant;
　　Ce déplorable événement
　　Du héros fait un invalide.
　　Fortune, voilà de tes coups!
Souvent, en un instant, tout change autour de nous.
　A nos plaisirs succèdent les allarmes,
Et les ris, et les jeux cèdent leur place aux larmes.
Le pauvre chien se voit délaissé dans son coin,

A peine a-t-on de lui le moindre soin.
Je ne suis plus aimé, dit-il, on m'abandonne,
Je ne puis supporter mon misérable sort :
Ah ! plutôt mille fois la mort.
Certain chat du logis, assez bonne personne,
Lui dit : pourquoi vouloir ajouter à tes maux,
En fatiguant le ciel d'une plainte stérile?
Ignores-tu que l'on tourne le dos
A qui ne peut plus être utile?

FABLE C.

Le Boeuf et le Moucheron.

Sur la corne d'un bœuf, était un moucheron ;
Se croyant d'un grand poids, cette petite bête
Dit au bœuf, je crains bien, mon pauvre compagnon,
   D'être un fardeau trop pesant sur ta tête.
Rassure-toi, dit l'autre, en riant aux éclats,
   Car de ton poids je ne m'apperçois pas.

   Gens à qui jamais on ne pense ;
   Avec aussi peu de raison
   Que cet important moucheron,
S'imaginent avoir de la prépondérance.

FABLE CI.

Le jeune Rat et le Chat.

Un jeune rat à peine au monde,
Joyeux d'être habitant de la machine ronde,
En étourdi courant de tout côté,
Vit certain animal assis sur son derrière,
Qui d'un air tout plein de bonté,
Semblait ne songer qu'à bien faire.
Comme un véritable étourneau,
Se fiant à cette apparence (1),
Notre raton soudain s'avance
Du dangereux grippeminaud.
Mais celui-ci, d'un coup de pàtte,
Mit en deuil de son fils, la pauvre mère ratte.

Le fabuliste en contant pareils tours,
A beau vouloir démasquer l'hypocrite,
Dans le monde l'on voit prospérer, tous les jours,
Au détriment d'autrui, cette race maudite.

(1) *Modesta species non hominem sanctum probat.*
DESBILLONS.

FABLE CII.

—

 La Coquette.

Voulant au bal, par sa toilette,
. L'emporter sur d'autres beautés,
Chez un marchand de nouveautés
Fut certain jour une coquette,
Faire choix d'un ajustement.
Elle acheta le plus brillant;
Si bien qu'à tous les yeux elle parut charmante,
Fut fêtée, admirée, au gré de son attente.
Enfin tout réussit, sauf ce diable d'argent (1),
Qui lui manquait pour payer le marchand.
De cet achat, notre adroite commère,
A son époux avait fait un mystère;
Car ces messieurs tenant trop aux écus,

(1) *Prodiga non sentit pereuntem femina censum :*
Ac velut exhaustâ redivivus pullulet arcâ
Nummus, et è pleno tollatur semper acervo
Non unquàm reputat, quanti sibi gaudia constent.
JUVEN., sat. 6.

Sont quelquefois maussades et bourrus,
Se font toujours long-temps tirer l'oreille
Pour faire honneur à dépense pareille.
Afin de satisfaire à ce point capital,
Il fallait à la dame un peu de ce métal
Sans le secours duquel tout languit dans le monde,
Et qui jamais nulle part trop abonde.
Il fallait éviter aussi le moindre éclat.
La belle s'y prit de manière
A se tirer parfaitement d'affaire.
Elle fit au marchand composer un état
De certains effets en usage
Pour le service du ménage;
De chandeliers, de plumeaux, de balais
Et d'un tas d'autres objets
Qu'il est, je crois, inutile qu'on nomme :
Dont le montant formait le total de la somme
De l'argent dépensé...... Voyant ce compté là,
Monsieur, d'abord, tout rouge se fâcha;
Mais elle sut appaiser sa colère,
En lui prouvant, si bien que mal,
Que son emplète était très-nécessaire,
Et le mari paya les parures du bal.

Sexe léger, aussi faible qu'aimable !
Le trait offert par cette fable,
Vous apprend que le luxe et la frivolité,

Inventeurs naturels de pareil artifice,
En flattant votre vanité,
Vous portent à la fausseté,
Et vous jettent ainsi dans le sentier du vice (a).

(a) *Voyez la note à la fin de l'ouvrage.*

FABLE CIII.

—

Le Villageois et le Renard.

Enfin te voilà pris, grand croqueur de poulets,
Tu vas être payé, bientôt, de tes hauts faits.
 Ainsi parlait l'habitant d'un village
A certain vieux renard. Cesse ton persiflage,
  Dit l'amateur du poulailler;
  T'appartient-il de me railler?
  Si prendre un poulet pour victime,
  Aux yeux des dieux c'est faire un crime,
  Devrais-tu me le reprocher,
 Toi qui les fais tous les jours embrocher?
N'en ai-je pas le droit, dit notre homme en colère?
 Ne suis-je pas, après tout, le plus fort?
  Aucun n'a le droit de mal faire,
Répliqua le captif, tu n'en as pas moins tort.
  Loin de solliciter ta grâce,
 Pour m'accuser, répart le villageois,
  Tu veux encor hausser la voix;
Ah! Je vais sur le champ réprimer ton audace.

A ces mots, d'un coup de bâton,
Il envoya le pauvre sire
Croquer les coqs du noir empire.
La volaille applaudit au trépas du larron;
Mais redoutant le renard et la broche,
Elle eût, de celui-ci, voulu que le reproche
Eût pu servir à l'homme de leçon.

Inutile desir! Car l'homme d'ordinaire,
Des leçons ne profite guère :
Les fautes qu'il condamne et punit chez autrui (1),
Il les trouve toujours excusables chez lui.

(1) *Et tel qui n'admet point la probité chez lui,*
Souvent à la rigueur l'exige chez autrui.

                    BOILEAU.

FABLE CIV.

—

Argus et l'Amour.

Argus y voyait clair, l'amour n'y voyait goutte,
    Et cet aveugle cependant,
    N'en faisait pas moins bien sa route,
    Trompait même Argus très-souvent;
    Et nous prouvait à sa manière,
    Qu'ici bas, le plus clairvoyant,
N'est pas celui qui fait, toujours mieux, son affaire.

FABLE. CV.

Les Renards.

Vivant comme de bons amis,
Quatre renards, du fruit de leur rapine,
Faisaient ensemble leur cuisine.
Mais voilà qu'un beau soir, l'un d'eux au piége est pris,
Et se fait, dans cette aventure,
Tout en se dépêtrant une telle blessure,
Qu'il fallut, désormais, demeurer au logis.
Perclus et ne pouvant remuer de sa place,
Il était hors d'état d'aller faire la chasse.
De lui ses compagnons d'abord avaient pris soin;
Mais ennuyés de le voir, dans un coin,
Ne plus rien fournir à l'écuelle,
Nos amis, certain jour, lui cherchèrent querelle,
Et l'accusant de je ne sais quels torts,
Comme un galeux le jettèrent dehors.

D'autres que ce renard sont traités de la sorte;
En payant votre écot, l'on vous recevra bien,
Mais dès que vous n'aurez plus rien,
Vos prétendus amis vous mettront à la porte.

FABLE CVI.

Les Cariens.

L'erreur a son trône, ici bas,
Et l'on pourrait dans bien des cas ;
Donner, à ce sujet, mille preuves pour une.
Dès qu'il arrive une éclipse de lune,
Voilà que la terreur est chez les Cariens (1).
Ce peuple croit la planète perdue ;
Accuse les magiciens ;
Court follement de rue en rue ;
Il fait du bruit, bat le tambour ;
Et de l'astre, à grands cris, demande le retour.
Sitôt que l'éclipse est finie,
Chacun s'en va l'âme ravie,
Croyant bien sérieusement,
Que pareil acte de folie

(1) *Quand la lune etait éclipsée, les Cariens la*

A ramené la lune au firmament.
Cette erreur, va-t-on dire, était des plus grossières,
Et l'on rit de pitié d'un tel égarement.
Soit; mais sans insulter au siècle des lumières,
Nous nous trompons encor aussi grossièrement.

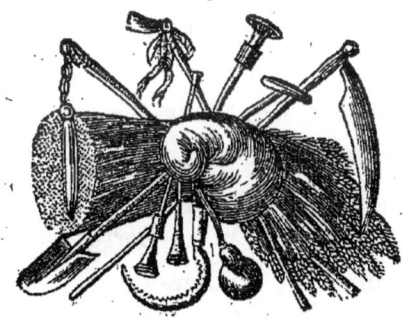

croyaient tourmentée par quelques magiciens, et tâ-
chaient de la délivrer par leurs cris, et par le bruit du
tambour.

FABLE CVII.

Le Furet et la Marmotte.

Tu végétes, tu dors les trois quarts de l'année,
　　Ah! Que je plains ta triste destinée.
　　Pour moi, toujours l'œil et l'oreille au guet,
Je vois tout, j'entends tout, tandis que pauvre sotte,
Tu ne jouis de rien. Ainsi maître furet
　　　　Parlait un jour à la marmotte.
　　　　Sotte; sot toi-même, l'ami,
　　　　répart aussitôt celle-ci :
Tu peux vanter les plaisirs de ta vie,
　　　　Ne crois pas que j'y porte envie.
Tu vas, tu viens, eh bien ! Lorsque tu seras las,
　　　　Enfin tu te reposeras.
　　Ce doux repos, je le goûte d'avance,
　　Je ne fais pas plus mal que toi, je pense.
J'ai grand tort, me dis-tu, de dormir dans mon coin,
Mais j'y suis fort heureuse et libre de tout soin.
　　Laisse chacun vivre à sa fantaisie,
　　Et comme font bien des gens ici bas,
　　N'affecte point l'orgueilleuse manie,
　　De critiquer ce que tu ne fais pas.

FABLE CVIII.

La Perdrix et le Moineau,

Fort souvent quand chez nous la vanité se loge,
Aux dépens du prochain nous faisons notre éloge.
Tu ne vaux presque rien, et j'ai beaucoup de prix,
    Au passereau disait une perdrix,
      Je sais que grâce à ton mérite,
    Assez souvent le chien et le chasseur,
      Te forcent pleine de frayeur,
    A déguerpir brusquement de ton gîte;
    Mais moi, content de mon peu de valeur,
      Je ne te porte pas envie,
Lui répondit l'oiseau que chérissait Lesbie ;
A ce peu de valeur je dois plus de repos,
Et qui court après toi, ne fait pas la folie,
    de tirer sa poudre aux moineaux.

    De cet oiseau j'admire la prudence,
      On ne pouvait répondre mieux :
    Vous si jaloux d'avoir de l'importance,
      Qu'en dites vous ambitieux ?

8

FABLE CIX.

Le Renard et le Poulet.

Pris au piége, un renard déplorait sa misère,
　　　Au ciel adressait sa prière,
　　Et promettait tout en pleurs à Jupin,
De ne plus désormais, commettre de larcin,
S'il l'aidait à sortir d'une si triste affaire.
Notre dieu voulut bien condescendre à ses vœux,
　　　Et, grâce à Jupin, le compère,
　　Pût se tirer d'un pas si périlleux.
　　　Dès-lors il vécut dans son gîte,
　　　Aussi saintement qu'un hermite.
L'on aurait dit, à le voir, que jamais
　　　Il n'avait commis de forfaits :
　　Quand, certain jour, notre hypocrite
　　　Aperçut un pauvre poulet,
Enfant perdu d'une ménagerie,
　　　Qui sans savoir ce qu'il faisait,
A travers champs courait à l'étourdie.
　　　Voyant un morceau si friand,

Il fut d'abord tenté de trahir son serment,
Faisant ensuite un retour sur lui-même,
Ah ! Mon erreur, dit-il, serait extrême.
Malheureux ! J'ai déjà trop offensé les dieux ;
Mais sur notre poulet fixant toujours les yeux,
Il ajouta, poussé par je ne sais quel diable,
Un tel acte, après tout, ne peut être blâmable.
Cet animal qui court à tout hazard,
Sera pincé par quelqu'autre renard ;
Et pourquoi donc aurais-je honte,
De l'expédier pour mon compte :
Je n'aggraverai pas son sort,
Il faut qu'il subisse la mort.
D'ailleurs pour en faire curée,
Vais-je à la picorée ?
Non ; c'est un cas tout-à-fait différent.
Je suis un sot d'avoir tant de scrupule,
Je n'ai pas de témoins, et très-certainement
De manquer un tel coup ce serait ridicule ;
Ce serait mériter qu'on rit à mes dépens.
Ne soyons pas aussi pusillanime,
Je puis bien le manger en gardant mes sermens,
Le ciel ne peut m'en faire un crime.
Le diable à le prêcher si bien s'évertua,
Que tout innocemment le mal s'effectua ;
Las de jeûner le matois fit ripaille,

Aux frais de la pauvre volaille.

En composant avec la probité,
Il est plus de gens qu'on ne pense,
Qui certains de l'impunité,
Font, comme ce renard, taire leur conscience.

FABLE CX.

Le Chien et les deux Lièvres.

Un chien qui poursuivait un lièvre dans la plaine ,
En apperçoit un autre et court de son côté;
    Pour l'attraper il se met hors d'haleine ;
        Mais malgré son agilité,
Notre coureur ne peut parvenir à l'atteindre.
    Excédé de fatigue et réduit aux abois,
Je n'ai rien pris, dit-il, et je ne puis me plaindre ;
        C'est perdre son temps, je le vois,
Que de vouloir courir deux lièvres à la fois. (1)

(1) *Sibi ipsa semper aviditas nimia officit.*
                                    DESBILLONS.

FABLE CXI.

Les Abus de l'Education.

Contre les loix de la nature,
　Sous son niveau l'égalité
　Voulut par singularité,
　Mettre un jour chaque créature.
　Les baudets comme les chevaux
　Allaient apprendre le manége,
　Et fiers d'un si beau privilège,
Ne voulaient plus porter la charge sur leur dos.
Ceci n'est pas bien difficile à croire,
Car de nos jours c'est à-peu-près l'histoire,
Jaloux de s'élever, on sort de son état,
Dédaignant le marteau, le rabot et l'enclume,
L'artisan, de son fils, fait un homme de plume.
　Chacun court après les emplois,
　Chacun prétend avoir de l'importance,
Et de nos prétendans la trop grande affluence
　En met un bon nombre aux abois.
Forcés de regretter le métier de leur père,
　Qui leur eût assuré du pain,

Beaucoup alors maudissent le destin,
  Qui les fit sortir de leur sphère.

  Bons artisans, utiles ouvriers,
  Le parti pour vous le plus sage,
  Est de léguer pour héritage,
  A vos enfans, vos ateliers. (1)

(1) *On ne fait point allusion dans cette fable à l'ému-
lation louable des diverses classes de la société ; mais à
l'ambition démésurée, qui s'est manifestée, surtout de nos
jours, et qui tendant à intervertir trop brusquement l'ordre établi, peut en troubler l'harmonie.*

FABLE CXII.

Le Renard Moribond.

Un vieux renard, grand flibustier,
Qui dans plus d'une circonstance
Avait en faisant son métier,
A pair ou non joué son existence;
Réduit au plus malheureux sort,
Succombant sous le poids et du mal et de l'âge,
Touchant presqu'au moment d'être atteint par la mort,
Tremblait et perdait tout courage.
Oh! lui dit-on, quel changement,
De frayeur te voila tremblant,
Toi, qui valeureux comme Alcide,
A braver le trépas fût toujours intrépide.
Quand on m'a vu, dit-il, de sang-froid l'affronter,
C'est que j'avais alors, l'espoir de l'éviter,
Et s'il est aujourd'hui, pour moi si redoutable,
C'est que je sens qu'il est inévitable.

Espérant toujours du destin,
Braver un péril incertain,
Chez nous c'est assez l'ordinaire,
Mais s'il est sûr; ah! c'est une autre affaire.

FABLE CXIII.

—

La Boule.

Certaine boule, à demi blanche et noire,
Était placée au haut d'un pavillon.
  Elle est d'ébéne, elle est d'ivoire,
  Dans la foule s'écriait-on;
Et chacun des criards croyaient avoir raison,
Parce qu'ils ne voyaient, chacun, qu'un hémisphère.
Comme ils se disputaient, quelqu'un dit : entêtés,
Vous feriez, croyez-moi, beaucoup mieux de vous taire.
  Car pour bien juger d'une affaire,
  Il faut la voir de tous côtés.

   Vous, qui sur la politique
   Si sottement disputez;
   Pour votre repos mettez
   Cette morale en pratique.

FABLE CXIV.

La Cigale et la Fourmi.

Dame cigale avec sa voix criarde,
De son prétendu chant ennuyait ses voisins ;
La fourmi se moquait de cette babillarde,
    Et remplissait ses magasins.
    Mais voilà qu'un épais nuage,
    Poussé par le noir aquilon,
    Vient éclater sur le canton,
    Et fait un terrible ravage.
De la fourmi magasins et travaux,
   Sont ruinés, entraînés par les eaux.
    Tu ne t'attendais, pas ma chère,
    A ce fâcheux événement,
    Dit la cigale en ricannant,
    Tout ceci ne t'avance guère ;
Au lieu de te donner autant de mouvement
Il aurait mieux valu chanter et ne rien faire :
    Car comme moi l'hiver prochain,
    Malgré tant de sollicitude,
    Il te faudra crier la faim.
Je ne crains pas, dit l'autre, un si triste destin,
    De travailler j'ai l'habitude.

FABLE CXV.

L'Aveugle et la Lumière.

Un aveugle portant un vase précieux,
De crainte d'accident, le tenait de son mieux;
Comme il faisait obscur, le prévoyant compère
Dans l'une de ses mains avait une lumière:
En le voyant aller, chacun rit aux éclats;
Pourquoi, lui disait-on, vouloir pauvre imbécille
    Ajouter à votre embarras?
    Ce flambeau vous est inutile,
    Bon homme, vous perdez l'esprit.
Je le porte pour vous, celui-ci repartit.

    La précaution était sage;
Par quelques étourdis, craignant d'être heurté,
L'aveugle autour de lui répandait la clarté,
    Afin d'éviter tout dommage.
N'en déplaise à ces gens, au regard louche et faux,
Qui craignent l'éclat des lumières;
    Pour prévenir une foule de maux,
    Elle sont toujours nécessaires.

FABLE CXVI.

—

Illusion, tu fais notre bonheur,
Et n'en déplaise à la philosophie,
Chez les humains ta séduisante erreur
Fait supporter le fardeau de la vie (1).
    Un de ces habiles jongleurs,
    Qui font merveilles sur merveilles,
    D'une foule de spectateurs
Captivait à la fois les yeux et les oreilles.
    Il savait si bien son métier,
    Qu'on le prenait pour un sorcier;
Quand quelqu'un s'écria : Quoi ! cela vous étonne!
    Je vais vous prouver à l'instant
Que ce qui vous paraît être si surprenant,

(1) *La douce illusion, de ce monde enchanté*
Console les ennuis de la réalité,
Et de songes flatteurs entremêle et varie
L'uniforme tableau des scènes de la vie.
                                    SAURIN.

Ne devrait étonner personne.
Voilà donc que notre bavard
Croyant rendre service à la troupe ravie,
S'avise d'expliquer tous les secrets de l'art.
Dès-lors, adieu, sortilège et magie,
Qui de nos gens récréaient les loisirs;
Et du docteur la perfide éloquence
Ayant détruit et prestige, et plaisirs,
Fit regretter à tous leur ignorance.

FABLE CXVII.

Le Chien et la Lune.

De Phébé le disque argentin
Réfléchi par l'eau d'un bassin,
Aux yeux de certain chien parut être un fromage;
Celui-ci, que pressait la faim,
Se jette aussitôt à la nage.
Mais après avoir fait d'inutiles efforts,
Il fut contraint de lâcher l'entreprise,
S'estimant fort heureux de regagner les bords,
Et maudissant mille fois sa méprise.

Entre ce chien et bien des gens
Qui, comme lui, courent la chance
De vouloir prendre, aussi, la lune avec les dents;
Ne voit-on pas beaucoup de ressemblance?

FABLE CXVIII. (1)

Le Singe, le Lion et les deux Ânes.

Gillotin avait dit, *l'injuste aura son tour.*
    Il tint au lion sa parole,
    Et le plaisant maître d'école
Reprit ainsi son sujet un beau jour.
Ils sont injustes ceux, qui mûs par l'arbitraire
Font dans un noir cachot gémir des innocens;
Qui privent les petits de leur strict nécessaire,
    Pour augmenter le superflu des grands;
    Qui refusant à l'indigent les places,
    Prêtent l'oreille à la voix des flatteurs.
        Comblent de bienfaits et de grâces
        Ces impudens solliciteurs,
Qui n'ont besoin de rien et demandent sans cesse.
Ah! Secourez plutôt les gens dans la détresse,
    De vos sujets connaissez les besoins;
Aux malheureux surtout accordez tous vos soins.

(1) *Le sujet de cette fable est une suite de la 5.e du 11.e livre de Làfontaine.*

Vous acquerrez alors une solide gloire;
Vous serez entouré du plus fidèle amour,
 Et mieux que ceux qui font ici leur cour,
 L'on bénira partout votre mémoire.
  Soudain des courtisans
  La troupe famélique,
S'écria : Réprimez de pareils sentimens,
Punissez ce Solon de nouvelle fabrique.
 Mais le monarque, au singe s'adressant,
  Lui dit : ton avis est fort sage,
  Et je promets d'en faire usage.
A peine eut-il parlé, qu'avec empressement
  Des gens de cour la servile cohue
Autour du conseiller s'escrime et s'évertue;
Chacun, à qui mieux mieux, lui fait son compliment.
Un retour aussi brusque eût surpris le vulgaire;
 Le maître ès-arts fort habile, dit-on,
Savait bien qu'à la cour c'était chose ordinaire,
  Et même ne se fiait guère
  A la promesse du lion.
Les rois ont, disait-il, le penchant à bien faire (1),

 (1) *On peut des plus grands rois, surprendre la justice :*
   Incapables de tromper,
   Ils ont peine à s'échapper
   Des piéges de l'artifice.

Mais ces adroits flatteurs, enfans de Belzébut,
Qui pour mieux les tromper sont toujours sur leurs traces,
Les empêchent par fois d'arriver à leur but,
Par le mensonge et des grimaces.
Que faisaient les baudets, pendant ce beau discours ?
Ils se flattaient et se grattaient toujours.
Si jadis le bon Lafontaine
En les raillant perdit sa peine,
A plus forte raison que lui,
J'ai perdu la mienne aujourd'hui.

Un cœur noble ne peut soupçonner en autrui
La bassesse et la malice
Qu'il ne sent point en lui.

RACINE.

FABLE CXIX.

—

Les échelons les plus bas d'une échelle,
Enviant le sort des plus hauts,
Criaient contr'eux et leur cherchaient querelle.
Étourdi par leurs sots propos,
Certain quidam qu'ennuyait ce tapage,
Soudain, de haut en bas,
Retourna l'assemblage.
Un tel parti n'étant pas le plus sage
Donna sujet à de nouveaux débats.
Notre homme enfin, s'imaginant mieux faire,
Pour empêcher toutes prétentions,
Prend l'echelle, la couche, et sans plus de mystère,
Met au même niveau chacun des échelons.
Mais l'échelle dès-lors ne fut d'aucun usage,
Il fallut renoncer à son utilité.
Partisans de l'égalité,
Que pensez-vous de cette image?

FABLE CXX.

Le Vautour, le Renard et l'Huître.

Près des bords de la mer, sur une touffe d'herbe,
Un vautour affamé vit une huître superbe.
   Il eût voulu sur-le-champ l'avaler,
Mais ne sachant pas trop comment il devait faire,
     Pour l'ouvrir et s'en régaler,
Il consulte un renard, et demande au compère,
Quel est, pour la manger, le moyen le plus prompt.
     Le voici, l'autre lui répond ;
    Prenez-la d'abord dans vos serres,
Elevez-vous après d'un vol audacieux
   Jusqu'à toucher à la voute des cieux,
Puis laissez-la tomber sur cet amas de pierres :
    L'huître, à coup sûr, se brisera,
Et votre seigneurie alors la gobera.
Ce qui fut dit, fut fait, l'huître tombe et se brise.
Sur la proie aussitôt se jette le larron,
     Et satisfait sa gourmandise ;
Le malin conseiller trouva le morceau bon,

En toute hâte fit ripaille,
Et pour notre vautour ne laissa que l'écaille.

Si vous avez besoin d'un conseil par hazard,
Défiez-vous de semblable renard,
Car il n'en manque pas, qui sans aucune honte,
En donnant des avis, les donnent pour leur compte.

FABLE CXXI.

—

L'Ane vert.

Un bateleur teignit, en vert, certain baudet;
A l'entendre, son âne était une merveille.
Tout le monde courut pour voir chose pareille;
On voulait admirer ce singulier objet :
Mais on ne vit, hélas! qu'un baudet ordinaire
Teint, aussi bien que mal, d'une couleur grossière.

Amant du merveilleux, le public, fort souvent,
Se trouve ainsi payé de son empressement.

FABLE CXXII.

Le Chien devenu vieux.

Après avoir servi, très-longtemps, de son mieux,
Mouflar devint infirme et vieux,
Et ne fut plus capable de rien faire;
Son maître eut le projet, alors, de s'en défaire.
Un beau matin, au cou du malheureux,
Il attache une grosse pierre,
Et sans pitié le traîne, ainsi, vers la rivière.
Ah! s'écria notre vieux serviteur;
Pourquoi me traitez-vous avec tant de rigueur?
Ingrat, doit-on par des supplices
Payer d'anciens et bons services?
Mais le cruel frappé de cette vérité,
A sa victime tint ce perfide langage;
Lorsque j'agis ainsi, c'est par humanité,
Car j'ai lieu de te croire attaqué de la rage.
A ces mots, notre chien dans les flots fut plongé.

Qui veut noyer son chien, dit qu'il est enragé (1).

(1) *Qui statuit aliquem perdere invisum sibi,*
Si justa ratio nulla sit, falsam invenit.

DESBILLONS.

FABLE CXXIII.

 Le Tableau.

A la porte de sa boutique,
Un marchand, tous les jours, accrochait un tableau,
Pour lequel il n'avait jamais trouvé pratique.
Il est vrai qu'il n'était ni très-bon, ni très-beau.
Quelqu'un lui dit, faites-lui mettre un cadre;
Mais de son naturel, notre marchand fort ladre,
(Qualité familière à gens de son métier,
Car c'était bonnement un honnête fripier);
D'abord d'une telle dépense
Ne voulut point courir la chance.
Voilà pourtant qu'un beau matin
Chez notre juif l'espoir du gain
L'emporte sur son avarice,
Et d'acheter un cadre il fait le sacrifice.
Sitôt que le cadre fut mis,
Des acheteurs la foule se présente;
De son tableau notre homme fit la vente,
Et le drôle en tira même un excellent prix.

Ceci n'est pas bien difficile à croire ;
Presque tous les jours nous voyons
Que dans le monde, l'accessoire
Sert à tirer parti du fonds.
Maints auteurs, là-dessus, auraient beaucoup à dire,
Mais n'allons pas finir par un trait de satire.

Épilogue.

Enfin je vais pour épilogue,
Conter encore un apologue;
Fabulistes, écoutez-moi,
Vous souscrirez à mon avis, je croi.
Un homme, un jour, ayant envie
De faire un beau bouquet, s'en fut dans un jardin;
Mais cet homme aurait dû se lever plus matin,
Car la dernière fleur avait été cueillie.
Au lieu de renoncer alors à son projet,
Il coupe dans les champs un peu d'herbe fleurie,
Prend du thym, du serpolet,
Et fait enfin, de son mieux, un bouquet.
De nos modernes fabulistes
Voilà le fidèle portrait,
Vont d'abord s'écrier messieurs les rigoristes.
Ah! de grâce, messieurs, soyez plus indulgens,
Et n'allez pas ainsi décourager les gens.
Souvenez-vous que Lafontaine
A dit aux enfans des neuf sœurs,
Que l'apologue, en son riche domaine,
Pouvait toujours offrir des fleurs.

9

Jean s'est acquis une gloire immortelle,
Mais Florian, Lamothe et d'autres bons esprits,
Ont, après lui, prouvé par leurs écrits,
Qu'il n'avait pas tiré l'échelle.

FIN.

Note relative à la fable de la Coquette.

Quelques esprits difficiles pourront dire ce n'est pas là une fable, et feront la même observation relativement à d'autres fables de ce recueil, comme cela a déjà eu lieu pour quelques-unes de celles que j'ai publiées. Mais de pareilles observations n'ont-elles pas été faites aussi par rapport à Lafontaine, et quoique le *Berger et le Roi*, le *Mal marié*, la *Fille*, l'*Ivrogne et sa femme*, la *Jeune Veuve*, le *Vieillard et ses Enfans*, le *Vieillard et les trois Jeunes hommes*, les *Deux Amis*, etc., ne soient que des contes ingénieux, dont l'auteur a déduit une morale; ne trouvent-ils pas bien leur place dans l'immortel Recueil de notre fabuliste ? Faut-il toujours mettre en scène le Corbeau avec le Renard, et le but de la fable serait-il de faire passer les animaux en revue sous les yeux des enfans, pour les amuser ? Pourquoi refuser à ce genre d'ouvrage toute l'extension dont il est susceptible, et vouloir le circonscrire dans le cercle des animaux ? Suivons, nous ne saurions trop le répéter, l'exemple de Lafontaine, c'est le meilleur modèle que nous puissions avoir, et ne prenons pas toujours à la lettre les réflexions si pleines de finesse de certains philologues, qui avec beaucoup de lumières, ont quelquefois des préventions qui les empêchent d'envisager les choses sous leur vrai point de vue. *Errare humanum est.*

𝔒bservations.

On aurait pu mettre un *Errata* à la fin de ce volume, mais on a pensé que le lecteur suppléerait aisément aux fautes légères qui se sont glissées dans l'impression. On se bornera à indiquer ici les corrections et les variantes suivantes.

Fab. 20, pag. 34.

Au lieu de — *C'est du loup dont je parle.*

Il faut lire. — *C'est du loup que je parle.*

Cette faute est semblable à celle que Boileau a faite au premier vers de sa neuvième satire.

C'est à vous, mon esprit, à qui je veux parler.

On pourrait dire cependant que les deux mots, *mon esprit* placés entre les deux régimes semblent un peu affaiblir la faute.

Fab. 60, pag. 97.

Au lieu de ce vers.

Il faut que les bienfaits s'oublient aisément.

Il faut substituer le suivant.

Les bienfaits sont sans doute oubliés promptement.

Cette faute est de la même nature que celle reprochée à Voltaire dans le chant IV de la *Pucelle.*

Ils croient voir, en ce moment affreux.

Un dieu puissant qui combat avec eux.

FAB. 65. pag. 104.

A la place des deux premiers vers de cette fable, nous indiquerons la variante suivante :

Deux corbeaux en cherchant pâture,
L'un jeune et l'autre vieux, furent pris d'aventure,

FAB. 67, pag. 107.

Au lieu de — *Nous Chavirer,*
On peut substituer — *Nous submerger.*

Ce qui nous détermine à indiquer cette variante, c'est que les dictionnaires ne sont pas d'accord sur le verbe *cha-virer*, les uns le supposent neutre, les autres le suppo-sent actif, comme l'auteur d'un nouveau dictionnaire composé sur celui de l'académie française, édition de Lyon, 1793, qui s'explique de la manière suivante : *Chavirer ou trévirer V. A. terme de marine, chavirer une manœuvre. Mettre dessous ce qui etait dessus..*

Dans la fable 82, page 130, le second vers de la mo-rale doit être placé le premier; le lecteur verra aisé-ment le motif de cette transposition. On lira donc cette morale de la manière suivante:

Par toi de bien juger l'on devient incapable,
De la prévention déplorable ascendant !
Car tu nous fais confondre en ton aveuglement,
L'innocent avec le coupable.

Fab. III, pag. 174.

Après ce vers.

Jaloux de s'élever l'on sort de son état,

Il faut ajouter le vers suivant qui a été omis.

On veut paraître avec éclat;

On a cru devoir placer ici ces observations, pour diminuer le nombre de celles que la critique pourra avoir occasion de faire. Persuadé que le principal but de son ouvrage était de présenter ses sujets d'une manière claire et succinte, et d'en déduire naturellement la morale, l'auteur ose espérer que s'il est parvenu à remplir cette condition essentielle, le lecteur indulgent voudra bien dire avec Horace.

. . . . Non ego paucis
Offendar maculis, quas aut incuria fudit,
Aut humana parum cavit natura.

Art Poet.

TABLE ALPHABETIQUE

FIN DE LA TABLE.